小学館文庫

破夏

新庄 耕

小学館

「破夏《はげ》っちゅうのは、夏安吾《げあんご》中に禁を破って外出、
要するにその修行をおりてしまうことなんですわ」
と、俗僧はぼやいた。

破夏

一

ほんの少しだけ動揺していた。

周りは誰も気づいていないと思うほど、揺れは微妙で小さい。それでも間違いなく、ゆったりとした不規則なリズムで前後左右にかたむいている。

ぼんやりと手元のスマートフォンに目を落としていた進《すすむ》は、このまま漫画のコマを追っていると船酔いになりそうな予感がし、画面を閉じた。

自宅を出発してからというもの、大量にダウンロードしてきた漫画はいまだほとんど消化できておらず、母親から読むように言いつけられている、夏休みの宿題代わりの近代文学にいたっては一ページもひらいていない。胸の中にただようあわい不安が、彼の意識をいたずらに散漫にさせていた。

スマートフォンに表示された時刻を見ると、出港してからまだ十五分も経《た》っていない。船はすでに沖合に出ているらしく、いつの間にか電波は圏外となっていた。

船尾に設けられた吹きさらしの席に、舳先《へさき》が海水をかき分ける音がしきりだった。ディーゼルエンジンの低い振動がたえず足元やプラスチックの座席からつたわり、乗客の賑《にぎ》わいを曖昧にしている。

「ミカだってやりたいのに、なんでショウタだけ勝手にやってんの？　ずるい」

進の隣席で、小学校低学年ほどの兄妹《きょうだい》が携帯ゲーム機をめぐってあらそっていた。兄はまったく聞く耳をもたず、うるさそうに妹に背をむけてゲームに熱中している。

兄をなじる妹の神経質な声が高まり、サンダルを履いたその足が進の太腿《ふともも》にしきりに当たる。兄妹の奥に座っている、ハイブランドのロゴが全面にプリントされたTシャツ姿の両親は、ともにスマートフォンの画面を平然と凝視していた。

頭上をおおう屋根が強烈な南国の陽光をさえぎり、進が腰をおろす最後列の席までかろうじて濃い日陰を落としている。彼はしだいに背中が熱くなってくるのを自覚しながら、前方に視線を転じた。

前列の座席では、四十手前の白人の男と、それよりかなり若く映る日本人の女がむかいあっている。

白人が耳元でなにかささやくたび、日本人の女がくすぐったそうに身をよじり、分厚い唇の間から白い歯列をむき出しにして喜んでいる。

進が見るともなしに見ていると、日本人の女が白人の首に両手をまわし、タンクトップの肩口の部分がずれた。光沢のあるリボン状の黒い下着がのぞき、ゆるい曲線をえがいてやわらかそうな肌に貼りついている。

見てはいけないものを見てしまった気がし、一度は目をそらしたが、進はすぐにまた黒い蠱惑《こわく》的なラインに未練の視線をおくっていた。

ゆるく波打つ白人の髪をいとおしそうになでながら、女が灰色がかった青い瞳を見つめる。上向きにカールした白人のまつ毛が海面に反射した光にさらされ、黄金色に光っている。しだいに二人の唇が引き寄せられ、密着した。

その様子を盗み見ていると、女が進に気づき、唇をあわせたままからかうような微笑を目にうかべた。まだ子供には早いとでも言いたげに彼の視線をさえぎるよう腕で隠し、唇を吸いつづけている。

進は気詰まりをおぼえ、スーツケースを残して席を立った。

左舷の通路をつたって階段をのぼると、彩度の高い緑色で塗られたオープンデッキがひろがっていた。乗客がデッキに車座になって談笑したり、四方を取りかこむ柵に寄りかかって海をながめたりしている。

左舷の一角で、日差しを避けるように帽子で顔を隠した作業着姿の男二人が、しゃがみこんでうたた寝をしていた。

進は二人のかたわらにわずかな隙間を見つけ、柵に身をよせた。かすかな重油の臭気がただよう中、目のさめるような群青がはるか水平線までひろがっている。まばゆい陽光が目を細めさせ、軽やかに吹き抜ける海風が汗ばんだ肌の熱気をぬぐいさってくれていた。

彼は、長い髪をなびかせながら、柵にもたせた右手の甲に目を落とした。弓形に弧をえがいた切り傷はすでに抜糸が済み、保護テープの下で完治を待っている。背後から笑声とともにシャッター音が聞こえ、いまわしい記憶がよみがえってきた。

進に対するクラスメイトのいじめがどのようにはじまったかは、いまとなってはよくおぼえていない。毎昼休み、気分転換に参加していたサッカーでは、あるときを境にその場にいても存在しないものとしてあつかわれはじめ、授業中や自習の時間、あるいは校内を移動している際に、クラスメイトの何人かが進を指してあざ笑うようになった。

のちに知ったことだが、この時点ですでに進以外のクラスメイトのほとんどが参加する、メッセージアプリのグループがつくられており、そこで彼を笑い者にするようなやりとりが連日行き交っていたらしい。

進は、自分が標的にされていると気づいてからも、一貫して無視を決めこんでいた。両親の書棚から、中学生でも読み進められそうな小説や旅行記の文庫本を持ってきては、少しでも早く下校の時間がおとずれるのを祈りつつ、授業以外の時間はすべて自席で本の世界に意識を没入させていた。

そうした態度がクラスメイトたちの気持ちを逆なでしたのか、いじめは日を追って激しさをましていき、ついには同性愛者がつどうインターネット上のアダルト掲示板に、目元の部分を黒くデジタル処理した進の顔写真が投稿されるにいたった。

そこに記された進のプロフィールは、実際の中学三年生から高校三年生に詐称されていたうえ、進の電話番号とメッセージアプリのアカウントとともに、〝短髪ガチムチ兄貴に、失神するほどヤバ竿《さお》で種づけされたいです〟という一文が添えられていた。まだ髭《ひげ》も生えておらず、長髪でいくぶん幼さが残る進の顔写真は、その掲示板で反響を呼び、毎日のように見知らぬ番号から電話がかかってきたり、面会を求めるメッセージが送られてきたりするようになった。

メッセージの中には、進の前腕ほどもある巨大な男性器が肛門《こうもん》にうずめられている画像や、上半身の筋肉を隆起させた浅黒い男が、パープルの性具を肛門に挿入した痩せぎすの男性に、自身の性器をくわえさせて微笑《ほほえ》んでいる画像などが添付されているものもあった。画面に映し出された瞠目《どうもく》するような猥褻物《わいせつぶつ》が視界に入るたび、彼は周囲にさとられぬよう慌てて削除していた。

それでも、進のスマートフォンに着信しているのが知れると、待ちかまえていたかのように教室にどよめきがわき起こり、さらなる挑発的なメッセージが掲示板に投稿されつづけた。

もっとも、そのような犯罪まがいの嫌がらせを進にくわえてくるのは、一部の者のみだった。大半のクラスメイトは場の流れに乗じてただ笑っているだけで、ごく少数は遠巻きにながめているか、なにごとも起きていないかのように無関心をよそおっていた。

そうした教室にかすかにただよう良心の空気を敏感に感じとり、しばらくは、心をかたく閉ざすだけでやり過ごせていた。

その日の昼休み、自席で読書をしていた進は、ふいにおそってきた尿意が限界に達し、やむなく教室からもっとも近い、同じ階の端にあるトイレにむかった。

そのトイレをクラスメイトの悪童たちが溜《た》まり場にしているのは彼も知っていたから、学校にいる間は、給食に出される牛乳をふくめ一切水分をとらないように気をつけ、どうしてもトイレに行きたくなった場合は、別棟の特別教室前や職員室脇のトイレをこっそり利用していた。ところがこの日は、実話に材をとった小説の脱走兵の逃走劇にのめりこみすぎ、しだいに切迫感を高めてくる尿意を放置してしまった。

廊下を急ぎ、カビ臭いトイレに足を踏み入れる。騒がしい話し声がやみ、窓際で校庭を見下ろしていた四人の視線が進の方にむけられた。

「進じゃん……」

いじめを主導している久保山《くぼやま》がつぶやいた。好戦的で、歓迎するような声色だった。

思わず、足が止まる。踵《きびす》を返したいという欲求が胸につのったが、怖気《おじけ》づいた姿を見られたくないという思いと、のっぴきならない尿意が進をその場に押しとどめた。

久保山たちと目をあわさぬよう、小便器の前に立ち、手早く制服のファスナーをおろす。下着をずらし、もう片方の手で性器をささえると、彼は露出した亀頭に視線をすえた。

尿意は限界に達しているのにもかかわらず、尿道を直接指でつぶされたかのようにまったく出てくる気配がない。静まったトイレに、校庭の賑わいが窓を通してひびいていた。

彼の肩口のあたりで忍び笑いがする。

そちらに目をやると、ついいままで窓際にいた久保山たちが背後に立ち、首をのばして進の陰部をのぞきこんでいる。

「でけえ」

ひとりがこらえきれずに叫ぶと、どっとトイレに笑声がみちた。

「見んなよ」

進は、あまりの羞恥に自分の顔が熱くなるのがわかった。便器に密着し、好奇の目から逃れようとしたが、久保山たちは執拗《しつよう》に顔を突き出してくる。

「進、掲示板チェックしてんのかよ。短髪筋肉質でポジ種のタケルくんがヤバ交尾したいってよ。よかったじゃん、童貞捨てるついでに、ポジっちゃえよ。池袋のトイレで待ってるって」

そう言って、久保山が彼の真後ろに移動した。囃《はや》し立てるような周囲の嘲笑が冷たいモルタルの壁に反響している。

「知らねえよ。こっち来んなよ」

彼はとがった声を出した。

ここから脱出したかったが、すでに亀頭の先から申し訳程度に小便がしたたり落ちている。尿意はいっこうに解消される気配はなく、膀胱《ぼうこう》があるあたりの下腹部に、圧迫されたような鈍痛が生じていた。

久保山が、動画を送ってやろうとスマートフォンを進と小便器の間にかざしてくる。

彼は咄嗟《とっさ》に、

「撮んじゃねえよ」

と、左手で払いのけた。

スマートフォンがかたい音を立てて、細かなタイルの敷き詰められた床ではねた。

「うわっ、マジかよ……」

久保山が画面に亀裂が生じたスマートフォンを拾い上げ、目に苛立《いらだ》たしげな光をうかべている。

進は、背中に冷たいものがかけ抜けるのを意識しながら性器を見つめていた。ひらいた頭皮の毛穴から汗が吹き出してくる。ゆるんだ蛇口のように尿が亀頭からしたたり落ちるだけで、一本の流れとなって放物線をえがいてくれない。

「進、俺のスマホ割れたんだけど」

彼のかたわらに立った久保山が無感情な声で言った。

トイレに緊張した空気が張りつめ、他の取り巻きが無言でそのやりとりを見つめていた。廊下を走り過ぎる何人かの話し声が遠のき、天井から床にのびる窓際の下水管から、断続的に水の流れ落ちる音がしている。

「……知るかよ」

動悸《どうき》が激しくなるのを自覚しつつ、彼はどうにかそれだけつぶやいた。蛇口を閉め切ったように尿は止まっていた。

「知るかよじゃねえだろ、てめえ。弁償しろよ。十万だよ、十万。ポジ種のタケルくんとヤッて金もらってこいよ」

久保山が声をあらげ、ふたたび進の背後にまわった。総合格闘技のジムできたえあげた太い腕を彼の両脇にすばやく差し入れ、きつく締め上げた。下着と陰茎をささえていた彼の両手がはなれた。

「やめろ」

久保山は進の抵抗を無視し、羽交い締めにしたまま小便器に密着していた彼の体をねじるようにはがした。

両手をだらしなく宙にたらした進のズボンは足首にまでずり落ち、中途半端に太腿に引っかかった下着と、ワイシャツの隙間から性器がのぞいている。

取り巻きのひとりがスマートフォンをかかげ、いやしい笑みを口の端にうかべながら進の性器を撮影しはじめた。横に立つもうひとりもスマートフォンをかまえた。

「撮んなっつってんだろ」

進は振りほどこうと足をこいでもがいてみたが、すさまじい力で身動きがとれない。シャッター音が連続して鳴り、屈辱感がつのってくる。

「ポジ種のタケルくんがお前のデカマラおがみたいって言ってくれてんだから、ちゃんと見えるようにしろ」

久保山が両の脇をかためた状態で体をそらせ、上履きを踏んでいた進の踵《かかと》がういた。

「はなせよ」

顔をゆがめた進が怒号を発した拍子に、勢いよく尿がほとばしり出た。床の古びたタイルが濡《ぬ》れ、彼の下着や制服に染みをつくる。

「きったね」

久保山が飛びのくように拘束をとき、ささえをうしなった進は床に体を打ちつけた。腰や肘が痛み、ざらついたタイルが冷たかった。むき出しの性器から音を立てて尿が流れ、衣服を濡らしていく。彼は他人事《ひとごと》のような目でその様子を見つめていた。

久保山たちが、彼を見下ろしながら腹をかかえて笑い合っている。間もなく昼休み終了をつげるチャイムの音がトイレにみち、久保山たちは進を残して去っていった。

呼吸が乱れ、胸苦しい。全身が熱をおび、かすかにしびれている。それが、久保山たちに対する激情からもたらされているのだと気づくのに、しばらく時間がかかった。

進は立ち上がると、汚れた制服を身につけ直し、トイレの外に出た。

教室にむかって脇目もふらず、誰もいない廊下を歩いていく。一歩ずつ足を踏み出すにつれ、際限なく気持ちが昂《たか》ぶる。それが殺意だとわかったときには、かたわらの壁にならぶ〝希望の光〟と書かれた習字の半紙がまたたく間に後景に去っていた。まるでベルト式の動く歩道をすすんでいるようだった。

進は、〝三 - 三〟と表札のかかげられた教室の前に立った。

すでに授業ははじまっていた。男性教師の声が聞こえてくる。ドアの上部にはめこまれた窓をのぞくと、教師の雑談を聞いているクラスメイトたちの後ろ姿が見えた。久保山たちも何食わぬ顔で教師の方に目をむけていた。

耳の奥に、トイレにひびきわたる久保山たちの嘲笑がよみがえってくる。彼は無言のまま、にぎりしめた拳を窓ガラスに振りおろした。

軽やかな音とともにガラスがくだけ、教室に悲鳴が飛び交った。クラスメイトの何人かは席を立ち、その他の者は席に座ったまま一様に驚愕《きょうがく》の目を彼にむけている。久保山だけ、いなおったような表情で、割れた窓ガラス越しに進をにらみつけていた。

血に染まった手で進がドアを引くと、ふたたび教室に悲鳴まじりのどよめきがわいた。

「なにしてんだ、お前」

教壇に立っていた教師が切迫した表情でかけよってくる。久保山のもとへむかおうとする進を取り押さえ、強引に教室後方のロッカーに押しつけた。

そこからの彼の記憶は曖昧だった。

教師を振りほどこうと歯を食いしばりながら闇雲に手足を動かしていたような気もするし、涙を流しながらわめいていただけのような気もする。あるいはその両方かもしれない。気がつけば彼は、騒ぎを聞きつけた他の教師たちに、なかば引きずられるような形で保健室へ連れて行かれていた。

保健室で病院へむかうタクシーを待つ間、教師たちは口々に窓ガラスを割った理由を問いただしたが、彼はうつむきがちに口をつぐんでいた。教師のいずれも信用ならなかった。たとえ心許せる相手がいたとしても、一切話す気はなかった。

その日以来、学校へ通うことを放棄した。


進の背後で歓声が起こった。

見ると、右舷側のデッキの一角で何人かの乗客が寄り集まっている。しだいに歓声は周囲に伝播《でんぱ》していき、つられるように左舷や後方にいた乗客もそちらにむかっている。乗客たちはカメラやスマートフォンを海の方にむけ、何人かの口から、クジラという言葉が興奮気味に発せられていた。

進は、一度背後の人だかりに目をやっただけで、すぐに視線をもどした。船尾に引きずられた白い航跡が遠くまでのび、たおやかな海面の起伏に複雑な網目をこしらえながらやがてうやむやとなって消失している。

「見ないか」

ふいのぶっきらぼうな声に驚いて、彼は隣に顔をむけた。つい先ほどまではいなかった男が、柵に寄りかかりながら剣呑《けんのん》な目で彼を見ていた。妊婦のように腹が突き出た男は、地肌のすけた頭髪を肩までたらし、彫りの深い顔に白髪まじりの無精髭を生やしている。二重の目と口が大きく、スター・ウォーズの映画に登場する悪役のジャバ・ザ・ハットに雰囲気がどことなく似ていた。サンダルをつっかけたその足元には、日用品や衣類などの入った買い物袋がいくつも置かれていて、進の目にも、真っ黒に日焼けしたジャバが、他の観光客とはちがう島関係者に映った。

「クジラの潮吹き。見たことないだろ」

ジャバはもう一度言った。

進がその威圧感にたじろぎ、口をつぐんでいると、ジャバは不機嫌ともとれる表情でつづけた。

「どっから来た、ナイチャーだろ。東京か」

「……埼玉です」

彼はまごつきながら言った。

「誰と来た」

ひとりだと進が答えると、ジャバは不審そうに眉をひそめた。

「喜久《き く》になにしにか。海で泳ぐ?」

「……まぁ」

彼自身、島でどのように過ごすのかわかっていなかった。はっきりしているのは、これから喜久島という離島に行き、そこで二ヶ月ほど滞在するということしかない。

不登校がはじまって誰よりも気をもんだのは、進の母親だった。

化学メーカーで化粧品の営業をしている母親も、金融関連のシステムエンジニアとして働く父親も、進がドアの窓ガラスを割った件について詮索はせず、学校を欠席することも表向きには容認してくれた。十代の半分を上海《シャンハイ》やムンバイで過ごした父親は、学校教育そのものにそもそも期待をしていないためだったが、そうでない母親は仕事に忙しくしている風をよそおいつつ、その実、彼にはわからない形で不登校専門のカウンセラーに相談したり、学区外の他の公立中学校や私立中学校への転校の可能性を探ったりしていた。

そうしてとくに具体的な策が講じられることもなく、欠席をかさねつづけたまま夏になった。学校では期末試験がせまり、クラブ活動の休止期間に入ろうとしていたその日、進が自宅のダイニングで夕食のカレーライスを口に運んでいると、

「夏休みとかどうするの」

と、むかいでサラダを取り分けていた母親が軽い調子でたずねた。

彼は返事をせず、テレビに視線をむけたままスプーンを動かしていた。なんの予定もないと知っていて、そのような質問を平然と投げかけてくる母親の無神経さが腹立たしかった。

「なんもしないんなら、沖縄でも行ってきたら？」

「沖縄？」

予想外の提案に、進は母親の顔をうかがった。

「そう。喜久島っていう沖縄の小さな島。なんかね、そこで離島留学ってのがあるんだって。留学っていっても、ホームステイに毛が生えたみたいな感じらしいから、難しく考えることないって」

そのプログラムは二ヶ月間程度の短期のものだと母親はつけくわえた。沖縄の小さな島も、離島留学もまったくイメージがわかなかった。

「気分転換に行ってみたら？　パパも賛成してくれてるし。海すっごい綺麗《きれい》だってよ」

「そんなのいいから。面倒くせえよ」

進はぞんざいな口調で言った。

「ほら、これ。見てみな、こんなに綺麗なんだよ」

母親が手元のスマートフォンを彼の方へしめす。画面には、高台から撮影された、あざやかな青のグラデーションにそまった海が映し出されている。

「行かねえつってんじゃん」

彼は口ではそう言いつつも、この一ヶ月におよぶ不登校の日々を思い返していた。判で押したように、なんの刺激もないのっぺりとした毎日だった。

前日の夜更かしを引きずったように昼前に起き、漫画や動画をながめるのに疲れると、ウェブサイトやソーシャルメディアを気ままに回遊したり、インターネット上の地図アプリで世界中を探索したりしていた。それはなかば作業化していて、心が動くことはなく、すぐに飽きてしまう。このままだと、夏休み中はもちろん、夏休みが明けても同じ毎日がつづくような予感がなんとなくあった。

クラスメイトの皆が授業を受けている時間に、両親の出払った自宅のマンションにひとりでいると、時折、このままずっと大人になっても空疎な時間がつづくような気がし、言いようのない不安におそわれる。そのたび彼は、それならそれでかまわないといっそう心をかたくなにしていた。

「まだ時間あるし、気が変わるかもしれないから、考えといて」

このときはまさか母親が本気だとは思わず、その後も適当に聞き流していたが、出発前日に荷造りを手伝わされたときにはすでに諸々《もろもろ》の手続きが済んでいて、いまさら行かないなどとは言い出せる状況ではなくなっていた。

「どこに泊まる」

ジャバが面接官のような口調で言った。気まぐれに海上にあらわれたクジラはいつか姿を消し、デッキにもとの静けさがもどっている。

「えっと、ラビットベースっていうところです」

スマートフォンのメモを見ながら進が答えると、ジャバの顔つきが差し迫ったものに変わった。

「ラビットベース？　信介《しんすけ》……佐藤《さとう》信介のところか」

彼は動揺を押し隠しながらうなずいた。

「やめとけ」

ジャバが声を低める。

「悪いこと言わんから」

ジャバは島で民宿を経営しているらしく、あいにく空いている部屋はないが、広間に寝てもいいとさえ言った。

突然の申し出に、進は困惑した。整理のつかない思考をもてあますばかりで、どう返答すべきかわからなかった。

なにかラビットベースに好ましくない評判が立っているのか。あるいはジャバとホストファミリーの間で個人的な諍《いさか》いが起きているのか。それともなにか狙いがあってたぶらかそうとしているのか……同性愛者たちから送りつけられた誘惑のメッセージが思い起こされた。

「わかったか」

ジャバが決定事項のように強い調子でせまってくる。進は恐怖に似たものをおぼえ、無言のままその場をはなれた。

階下の座席にもどると、隣の兄妹は喧嘩《けんか》をやめてそれぞれスマートフォンと携帯ゲームにふけり、前の席で唇をかさねていた日本人の女は恋人の肩に頭をあずけて寝入っていた。

ジャバがあとを追ってこないかしばらく落ち着かなかったが、それもいつか気にならなくなった。進はプラスチックのかたい背もたれに身をあずけ、デッキ越しに海を見つめていた。

やがて到着をつげるアナウンスが船内に流れ、海上に島影があらわれはじめた。乗客があわただしく荷物を手にして席を立っている。進もスーツケースを転がし、デッキで上陸を待つ列にならんだ。

視界をふさぐように緑のせりあがった島が間近にせまり、船が防波堤を通り抜けていく。

深い青をたたえていた水面はエメラルドグリーンにそまり、船上からでも海底の岩礁の影が見てとれるほど透明度が高い。

複雑な陰影をおりなす眼下の海を食い入るように見つめていた彼は、前方に視線を転じた。コンクリートでかためられた岸壁に船の到着を待つ人々の姿が見えた。

船が止まって見えるほどに減速し、係員によってデッキから岸へロープが投じられる。一直線にロープが緊張し、波音とともにゆっくりと岸壁が近づいてきた。

多くの人がむらがる船着き場では、係員が貨物の積み下ろしをしている。そのかたわらで、民宿をはじめとする島の関係者が乗客や店の名前を記したプラカードをかかげていた。

進は船からおろされたスロープをくだりながら、プラカードのひとつひとつにせわしなく視線を走らせていた。

母親からは、ホストファミリーが港で彼を待っているとだけ聞かされている。相手の性別も年齢も人数もわからず、無事に会えるかどうか不安だった。

岸に降り立つと、人混みの中であたりを見回した。

彼の名前やラビットベースなどと書かれたプラカードはどこにも見当たらない。それらしい何人かと目があってもすぐに視線をそらされてしまい、自分を探している者もいなかった。

他の乗客たちは、それぞれプラカードに吸い寄せられるように民宿やダイビングショップの店員と落ち合い、待機していたワゴンに続々と乗り込んでいく。家族連れやグループ客のほか、若い男女も多い。ひとり客も目についたが、ラビットベースにむかうような十代前半の者は見当たらない。所在なくその場に立ち尽くした彼は、心細さを感じていた。

少し離れたところで進を見ている者がいた。

ジャバだった。なにか言いたそうな表情をうかべ、いまにも近づいてくるような気がする。彼が拒絶の意志をしめすように顔をそむけると、ジャバはあっさりときびすをかえの軽自動車に乗って去っていった。

しだいに人影が少なくなり、島の反対側にあるビーチ行きのバスが乗客を満載して発進すると、あたりは港湾関係者をのぞいて進だけとなった。

本当にむかえが来るのか、不安がましていた。

その場にスーツケースを残し、近くにある観光案内所と待合所をかねたターミナル内を探してみたが、それらしき人はいない。自力で行こうにもラビットベースにはウェブサイトすらなく、事前に教えられていた電話番号にかけても延々と呼び出し音が鳴るだけだった。

スーツケースを取りにもどりながら、彼は出発地のチケット売り場で他の島へ行く船がいくつかあったのを思い出した。もしや別の島に来てしまったかとあわてたが、確認するとやはり喜久島で間違いなかった。

途方に暮れかけていた矢先、集落の方からあらわれた一台の黒い外国製のＳＵＶが彼のもとへまっすぐやってくる。

まもなく車が進の手前で停《と》まった。濃いスモークフィルムが後部座席の窓に貼られていて、中の様子がまったく見通せない。運転席からサングラスをかけた細身の女がおりてきた。

「進くんだよね」

髪を後ろでたばねた女がサングラスを外し、頭の上にかけて微笑む。四十四歳の母親よりもずいぶんと若く見え、真っ白な麻のシャツが、デニムのショートパンツからのびた小麦色の脚をいっそう健康的に見せていた。

「遅れてごめんね、ラビットベースの佐藤優子《ゆうこ》です」

進は女の顔を直視できず、小さく頭をさげた。

もっと年輩だと勝手に思いこんでいた。それだけに無事にむかえが来た安堵《あんど》より、若い大人の異性に決まっておぼえる、気恥ずかしさに似た萎縮感の方が大きかった。

「遠かったでしょう。行こ」

優子が跳ね上げ式の後方ドアを開け、スーツケースを荷室に積むのを手伝ってくれる。彼が助手席に乗り込んだのを確認して、優子はアクセルペダルを踏んだ。

「お昼ご飯、もう食べた？　お腹空《なかす》いてない？」

運転席の優子がハンドルを操りながら言った。

「空港でソーキそば食べてきたので、大丈夫です」

彼は緊張した面持ちで答えた。

空調がほどよく効いた車内はクリーム色のレザーで統一されていて、真新しい。

洗練されたダッシュボードには高精細な純正のディスプレイが組み込まれ、島の地図と現在位置を表示している。車に詳しくない彼にも、この外国車が現行モデルか、それに近いものだと察せられた。

大企業でそれなりの給料をもらっているはずの両親が、維持費の高さを嫌って十年落ちの国産大衆車を手放したことを思うと、この小さな島でこのような高級車に優子が乗っていることに、彼は多少の違和感をおぼえた。

離島留学はそれほど儲《もう》かるのだろうか。優子たちホストファミリーには働かなくてもじゅうぶん暮らせるほどの財産がもともとあるのだろうか。もしそうなら、ラビットベースは意外にいいところなのかもしれない。当初、離島留学と聞いて、中学一年生のときに林間学校で泊まらされた古い合宿施設を思いえがいていた彼は、にわかに心がうき立ってくるのを自覚した。

車が集落の間をゆったりとした速度ですすんでいく。

コンクリート造りの家々は、その多くが風雨と強烈な日差しに長くさらされて、塗料がところどころ剝げて黒ずんでいる。郵便局やガソリンスタンド以外は、小さな商店や飲食店がぽつぽつとあるだけで、スーパーやファストフードの店はおろか、地元の埼玉ではどこでも見かけるコンビニエンスストアひとつない。このような場所で人々が暮らしているということが、街の生活しか知らない彼には驚きだった。

窓外に流れていた民家が切れ、ひらけた空間があらわれた。小中学校だった。赤土の校庭に緑の芝生が斑《まだら》にひろがり、そのむこうに赤瓦の屋根でおおわれた二階建ての校舎が見える。授業中だからか、そもそも通う生徒が少ないからなのか、どこにも人影はなかった。

進は、視界から消え去ろうとする校舎を目で追いながら、もし自分が埼玉の学校からここに転校したらどうなるのだろうと空想にひたっていた。

「なんもないでしょ」

前方に視線をすえた優子が口元に笑みをうかべている。

進は、正直に答えては相手にとって失礼にあたるような気がし、曖昧に首をかしげた。

「私も最初、東京からこっちに移ってきたとき、進くんと同じ風に思った。なんもないなぁって。電車も走ってないし、コンビニもなくてすごい不便だし。でも、都会にはないものもたくさんあるんだよ。たとえば、澄んだ海や白い珊瑚《さんご》の砂浜もそう。波音や夕日もそう。のんびりした時間の流れもそう」

進は、優子がもともと東京で暮らしていたということを聞いて、親近感にも似た安堵をおぼえていた。

「騒音とか人混みとか、わずらわしい人間関係とかもないしね」

優子が湿っぽい調子で言う。ルームミラーにぶら下げられている松ぼっくりの形に似た銀のオブジェが揺れ、車内にあふれる陽光をはじいていた。

優子も東京でなにかあったのだろうか。この島に移り住むきっかけをたずねてみたい気もしたが、なんとなくはばかられ、進は黙っていた。

集落を抜け、車は山間《やまあい》の道をなぞっていく。

道路の左右には水田がひろがり、稲穂の緑が目にあざやかだった。あぜ道では二頭の白いヤギが草をはみ、その背後にせまった山の斜面には木々の葉が量感をはらんで深々と生い茂っている。車窓に流れる田園風景をながめながら、彼は心がなごんでくるのを感じた。

「進くん、ベースに荷物置いたらどうする。なにしたい？」

ふいにたずねられ、進は答えに窮した。

漫画や映画はダウンロードしてきたが、しょせんはどれも暇つぶしでしかない。勉強道具をスーツケースに突っこんだのも、母親に言いくるめられたからだった。ただ自然の中でのんびりするイメージがあるだけで、具体的になにをするかなど考えてもみなかった。

「とりあえずビーチでも行っとく？」

彼はうなずき、気になっていたことを口にした。

「ラビットベースって、なにするところなんですか」

離島留学はむろん、ホームステイの経験もない彼にとって、この先どのような生活をおくることになるのかおよそ想像がつかなかった。

「なんでも。進くんがしたいと思うことなら」

優子は、彼の不安を払拭するように表情をゆるめてつづけた。

「ビーチで泳いでもいいし、シュノーケリングしてもいいし。私のハーブ園一緒に手入れしてもいいし、信介がシーカヤックのツアーやってるからそれ手伝ったっていいし。したいことがないんだったら、ずっと海見てたっていいし。前にうちに来た子なんかはね、本当に朝から日が沈むまでビーチで海ながめてた。進くんも、二ヶ月あるんだから、あんまり難しいこと考えずに自分の感性にしたがってのびのび愉《たの》しんだらいいんだよ」

その言葉を聞いて、彼は体にのしかかった重しがとりのぞかれるような解放感をおぼえていた。

勾配のきつい曲がりくねった坂道をのぼりきり、峠を越えると視界がひらけた。

ガードレール越しに眼下が一望できる。なだらかな緑の丘陵がすり鉢状に低まり、緑がつきた先に砂浜で白くふちどられた海がひろがっている。両側の半島にいだかれた海は紺に染まっていて、熱帯の強烈な光をたたえながら遠く水平線にうかぶ島々をつつんでいた。

進は、ここしばらく緑のなかった期待感をほんのり胸におぼえながら、車窓の中で刻々と表情を変える島の風景を見つめていた。

車は観光客のほとんどがつどう宇座《うざ》集落を抜けてなおも走りつづけ、やがて南端に位置する比部間《ひぶま》集落にはいった。

先ほどの宇座集落にくらべ、規模は小さくひっそりとしている。目抜き通りに昭和の空気をかもした平屋の商店が見えるだけで、ビーチへむかう観光客が数えるほどしかいない。コンクリート造りの家々は、何十年にもわたって台風と灼熱《しゃくねつ》の太陽にさらされつづけてきたように朽ちて映った。

「もう、すぐそこだから」

優子は集落のはずれまで車を走らせて通り過ぎると、海岸に沿うように数百メートルすすんだのち減速し、ハンドルをゆっくりと右に切った。枝分かれした舗装路をすすんで、間もなく車が停止した。

海から離れていないにもかかわらず、周囲は手つかずの森のように鬱蒼《うっそう》としていた。

正面に大人の背丈をゆうに超える頑丈な鉄柵のゲートが立ちはだかり、舗装路がカーブしながらその先の敷地内へつづいている。ゲートと同じ高さの金網のフェンスが左右につらなり、森の中にのびて果てが見通せない。鉄柵の両端には入り口を見下ろすように監視カメラがそなえつけられていて、金網のフェンスの上部には、侵入者を威嚇するように有刺鉄線の忍び返しがついていた。

鉄柵にかかげられた白いプラスチックボードに、彼の目が吸い寄せられた。

WARNING

警告

立入禁止

UNAUTHORIZED ENTRY PROHIBITED AND PUNISHABLE BY JAPANESE LAW

無断で立ち入ることを禁ずる。違反者は日本の法律によって罰せられる。

RABBIT BASE

進は、おだやかな南国の空気と相反するようなものものしい雰囲気にたじろぎつつ、侵入者の存在を意識しなければならないほどの特別なものが内部にあるようにも思え、胸の高鳴りを自覚していた。

優子が手元のリモコンのボタンを押すと、格子状のゲートが動き出し、鉄柵が片側にスライドしていく。

ふたたび車が動き出し、カーブを曲がり切った先に、テニスコート二面ほどの前庭がひろがっていた。

優子は慣れた手つきでハンドルを操り、手前の駐車場に車を停めた。軽く四、五台は停められそうな駐車場に他の車はなく、端に原付バイクや牽引《けんいん》用のトレーラーが停め置かれている。

「着いたよ。お疲れ様」

運転席から降り立った優子が両手を天にのばして、心地よさそうに目を細めている。

進は車からスーツケースをおろし、石灰岩の敷石でできた通路を歩く優子のあとへつづいた。

周囲を森にかこわれた敷地には芝生が敷き詰められ、二、三メートルほどの若いヤシがそこここで扇状に裂けた大きな葉をひろげている。中央には、マホガニー調の木材で組み上げられた東屋《あずまや》が涼しげな影を落とし、庭の奥に視線をのばせば、東屋と同じ風合いで仕立てられた木造の小屋が背後の森と調和をはかっていた。

集落の民家とは対照的な、リゾートホテルを思わせる落ち着いた空間に彼は安らぎをおぼえ、いまさらながらこの離島留学に送り出してくれた両親に感謝したくなった。

「簡単にオリエンテーションするから、スーツケース部屋に置いたら、母屋の方に来てもらっていい？　進くんはね、五番のロッジ」

彼は礼を述べて、小屋の前で優子から鍵を受け取った。鍵には、〝5〟と記された札のほかに、車のルームミラーに下がっていたのと同じ松ぼっくり形のオブジェがくくりつけられている。優子の趣味か、この宿泊施設のシンボルなのかなと思った。

小屋は、手前のシャワー室をのぞいて、通路に沿って左右に二棟、全部で四棟ならんでいた。小屋の扉に貼られた銀の標識を見ると、左手前から時計まわりに〝1〟、〝5〟、〝10〟、〝50〟と表記されている。

不思議な番号のならびだと思いつつ、彼は五番の小屋のドアをあけた。

部屋に踏み入ると、八畳ほどの空間がひろがっていた。彼の埼玉の自室より、いくぶんひろい。ソファをかねたシングルベッド、玄関と部屋を仕切るクローゼット、テーブルとそれをはさむように置かれたスツールが二脚、腰の高さほどの本棚、水洗トイレ、鏡のついた洗面所と、簡素だが必要十分の機能をみたしている。

掃除が行きとどいた部屋に安堵し、勢いよくベッドへ横たわった。

彼は片手を枕にし、板張りの天井を見つめた。いつの間にか出発前の憂鬱がうすれ、気分が軽くなっていることに気づく。今日からの二ヶ月を思うと、自分の中でなにかが大きく変わりそうな予感がした。

優子から母屋に来るように言われたことを思い出し、起き上がって部屋を出た。

鍵を閉めて振り返ると、むかいの十番の小屋のドアがうすくひらき、小屋の中から十歳前後の少女が彼をうかがっていた。艶のない黒髪をうすい胸のところまでのばし、歓喜とも恐怖ともとれる目で彼を凝視している。

「こんにちは」

進がまごつきながら挨拶をすると、無視するように少女はドアを閉めた。なにか怒らせるようなことをしてしまったのか。気を取り直し、その場をはなれた。

すぐ隣にある母屋は、コンクリートの打ちっぱなしで、四棟の小屋をあわせたほどの大きさがある。木製の扉には、〝666〟と銀の標識が貼られていた。

呼び鈴を鳴らすと、扉の内側から優子の遠い声が聞こえてくる。

彼は、扉をあけて中にはいった。

「進くん、そのまま下におりてきて」

平屋に見えた母屋は二層の造りのようで、吹き抜けとなった廊下のむこうから優子の声がひびいてくる。

進は玄関でスニーカーを脱ぎ、内部にすすんだ。両側にドアのある廊下の突き当たりから、一階のリビングが見下ろせ、コの字の大きなソファに優子の姿があった。

壁際の階段をおりながら、彼は口の中で感嘆の声を漏らした。

一階から二階の天井まで一面にガラス窓が張られ、四十畳におよぼうかというリビングの床と連続するように、ウッドデッキが外のテラスに敷かれている。ジェットバスをそなえたテラスのむこうでは、長い歳月をかけて波に削られた岩礁が藻類の緑をまといながら点々と鎮座し、それらを取りかこむように、しだいに青を深めていく遠浅の海がはるか先の島までつづいていた。

「いいところでしょ」

優子がそう言って目で笑っている。

「……すごいですね」

彼はソファに腰をおろしたあとも、しきりに窓外へ視線をのばしていた。

「ここのルールについて、簡単に説明するね。さっきも言ったけど基本的にはなにしてもらってもよくて、進くんの自由。なんだけど、みんなで生活してるから、お互い気持ちよく過ごせるよう最低限のマナーは守ろうねって感じ」

彼は、同意をしめすようにゆっくりとうなずいてみせた。先ほど十番の小屋で見かけた少女が頭をよぎる。あのような冷遇をうけたのは、なにかマナー違反があったからなのだろうか。

「あとは、ここに掃除とかシャワーの使い方とか細かいルールが書いてあるから、お部屋もどって読んどいて。夜ご飯のときにまた信介から話があると思うから。とにかく、島の自然と一体となって、いい気を引き寄せて、心を空っぽにして愉しむこと」

優子が無邪気に笑い、宿泊規則の書類がまとめられたファイルをかたわらのローテーブルに置いた。

「そうだ、最後にこれ。ざっと目通しして、問題なければサインして」

進は、優子からボールペンとともに一枚の紙を手渡された。見ると、そこには〝誓約書〟と題された下に次のような文章がならんでいる。

私は、ラビットベース（以下、RB）に留学生として受け入れて頂くにあたり、次の事項を確実に遵守することを誓約いたします。

1．RBの宿泊規則及び服務に関する諸規程等を尊重し、RB責任者（佐藤信介、佐藤優子）の指導にそって誠実にプログラムに参加することとします。

2．RB責任者に一切嘘《うそ》をつきません。

3．RBの諸規程及びRB責任者の命令・指示に必ず従います。

4．RB責任者の許可なく、RB関係者以外の島民と一切の会話及び交流をしません。

5．RB施設の利用に際しては、

（1）RBの定める立ち入り禁止区域に立ち入りません。
（2）RB施設を宿泊以外の目的に使用しません。
（3）RB施設に第三者を立ち入らせません。
（4）その他、RB諸規程及びRB責任者の指示に服します。

6. プログラム期間中に知り得たいかなる事項についても、プログラムが終了した後といえども、RBの書面による許可なく、第三者に開示・漏洩《ろうえい》し、若《も》しくは不正使用しません。

7. プログラム期間中は、RB責任者の特別な許可がない限り、一切の通信機器及び電子端末の使用（インターネットへの接続をふくむ）をしません。

8. 処遇概要確認書を承諾したことを確認し、RBに一切迷惑をかけません。

9. 本誓約書に定めなき事項については、RB責任者の指示を仰ぎ、その指示に従います。

10. 万一、上記事項のいずれか一つにでも違反した場合、或《あ》いはRBにおいて私が留学生として不適当であると判断された場合には、プログラム期間（令和　年　月　日から令和　年　月　日まで）中といえども即時RBからの退去を言い渡されても異議を唱えません。また、その場合は、法的措置（損害賠償、差止請求）等に服します。

11. 上記に関する紛争についての管轄は【那覇地方裁判所】とすること。

12. 本誓約書については、上記プログラム期間中において有効とすること。

13. 本誓約書に定めなき事項及び本誓約書の運用、解釈に疑義が生じた場合は、法令または慣習に従い協議の上、誠意をもって解決する。

以上

それらしく文章を目でなぞってみたが、難しい用語や堅苦しい言葉ばかりでまったく頭に入ってこない。よくわかりもせず、サインをしていいものなのか判断がつかなかった。

顔をあげると、優子と目があった。つい先ほどまでの親しげな光がかすみ、心なしか、さっさと終わらせてしまいたいという不満がにじんでいるように映る。優子も忙しく、彼にかまっている時間はかぎられているにちがいなかった。

進は、ふたたび紙に視線を落とした。誓約書と仰々しくあるが、スマートフォンのアプリをインストールしたときや、空港などで無料のインターネット接続サービスを利用する際に求められる同意書と似たようなものかもしれない。

ペンをにぎりなおすと、〝誓約書〟をローテーブルに置いて、氏名の欄に署名した。

小屋にもどってきた進は、スーツケースから水着を引っ張り出して着替えはじめた。

陽《ひ》の高いうちに隣の比部間ビーチへおもむき、熱帯魚や珊瑚礁でいろどられる海中の世界をのぞいてみたかった。外出したいという欲求自体がたえてひさしく、新鮮な心地がしていた。

着替え終え、ベッドに放り投げた宿泊規則のファイルが目にとまる。目を通しておくようにという優子の言葉が頭をかすめた。宿泊規則といっても、当たり前のことが書いてあるはずで、あとで時間があるときにでも手に取ればいいだろうと思った。

ビーチサンダルに足を通した進は、ふたたび小屋を出ると、庭の片隅にもうけられた物置でシュノーケリング道具一式をナイロンバッグに詰めたのち、ゲートの扉をくぐった。

昼下がりの直線的な日差しが、土埃《つちぼこり》にまみれたアスファルトを熱し、彼の足元にたえず付きまとう小さな影を落としている。

日射をやわらげようと、タオルで頭をおおった。帽子をスーツケースに入れてこなかったことが少しだけ悔やまれたが、それも汗が額を濡らすころには気にならなくなっていた。

車も人もいない道をなぞるにつれ、血行がうながされるらしく、しだいに太腿や腹部の内側にかゆみが生じてくる。昼も夜もなく自室にこもっていた不精の日々が想起され、そのツケを支払わされているかのようだった。体の底から少しずつ活力がみなぎってくる気がし、彼は体中の細胞が音を立てて刷新されるような心地よい感覚をおぼえていた。

道はやがて比部間集落の中に入った。

十五分もあれば歩いて回れるほどの集落は、奇妙なまでにひっそりとしていた。何軒かあるダイビングショップのほか、カフェや食堂を併設した民宿は営業しているものの、人影は少ない。いつもこれぐらい静かなのだろうか。たまに車やバイクの走行音がするだけで、塀にかこわれた家々からも物音や人声はほとんど聞こえてこなかった。

海側を意識しながら歩いていると、駐車場の奥に〝比部間ビーチ〟と書かれた案内板が見えてきた。

進は、案内板の脇にある下りの細い道へすすんだ。すぐに舗装路がつき、足元が砂地に変わる。亜熱帯特有の樹木がつくるアーチをくぐりながら、自然と頰がゆるんでくるのを意識した。なかば枝葉にふさがれた視界の先に、青い海のひろがりが映っていた。

アーチを抜け、砂浜に足をとられつつあたりを見回す。

乳白色にかがやく珊瑚の砂浜が、ささやかな潮騒《しおさい》を立てる波打ち際をなぞり、ゆるやかな曲線を遠くまでえがいている。まばゆいコバルトブルーに澄みわたった海は、沖合を藍色に染め上げつつ、水平線に量感ある入道雲を幾層も積み上げていた。

埼玉の自室でタブレット端末越しにさんざん見てきた世界中の絶景が、一瞬のうちに脳裏で色褪《いろあ》せていく。

進は、デイゴの木陰に荷物を置くと、ラッシュガード代わりのTシャツを着たまま、シュノーケリングの道具を手に駆け出した。おぼえず歓喜の声をあげそうになる。まばらに見える周囲の海水浴客の目を気にして、どうにか口をつぐんでいた。

踏みしめるたび、パウダーのごとき砂に素足が埋まる。飛び上がりそうなほど熱い。数十メートル先まで見通せる透明な海水が火照《ほて》った肌を冷やしてくれた。浅瀬に身を浮かべ、波音に耳を澄ませれば、ここ何ヶ月かの鬱屈が水の中へ溶け消えていくかのようだった。

気が済むまでシュノーケリングを愉しんだのち、彼は砂浜にあがった。

「こんにちは」

笑顔で進に声をかけてきたのは、ホイッスルを首から下げた学生風の若い女性監視員だった。顔も手足も褐色に日焼けしていて、うすい唇の間からのぞく歯がやたらと白く映る。

「魚、見えた?」

進は、まごつきながらうなずいた。

「アウトリーフのところがすっごい綺麗でしょ。いきなり深くなってるところ。珊瑚のまわりに魚がたくさん集まってて」

監視員の瞳に、手放しで歓迎するような光がみちている。肩まである髪を耳にかけていて、耳ぎわから斜めにおりてくる汗ばんだ首筋が淡く浮き彫りになっていた。

「すごかったです」

素っ気なく答えながら、内心、気さくに接してくれる監視員に好感をいだいていた。毎日このビーチにいるのだろうか。島外からアルバイトで来ていて、夏休みの間だけこの島で働いているのかもしれない。親しくなりたかった。

「家族の人と来たの？」

首を振って、ひとりで来たのだとつたえた。

「そうなの？　すごいね」

監視員が意外といった風に眉を引き上げる。

進は照れ臭くなって、視線を落とした。監視員の黄色いTシャツの裾から、しっとりとした肉付きのいい太腿がのぞいている。目のやり場に困り、意味もなく海の方に顔をむけたりしていた。

「日帰りじゃないよね？　もう今日はフェリーないし。どこのゲストハウス？」

「ラビットベースってわかりますか。そこに今日から泊まってて」

自分の声に誇らしげな響きがふくまれているのを自覚しつつ、彼は相手の顔をうかがった。

その表情から、ついいままであった愛嬌《あいきょう》が消えていた。監視員の目には、おびえに近い光さえうかんでいる。

「ラビットベースって……そこ、ちょっと行ったところの？」

彼が当惑しながらうなずくと、そうなんだ、と落ち着かない様子でつぶやいて監視員は彼のもとをはなれていった。

なにか釈然としない思いだった。進はその場にたたずみ、持ち場へもどっていく監視員の後ろ姿を未練がましく目で追っていた。

デイゴの木陰にもどると、すでに陽はかたむいていた。

ビーチ一帯に金色《こんじき》の光があふれ、砂浜を這《は》うハマゴウの緑が映えている。空腹をおぼえた彼は、脛《すね》やふくらはぎに貼りついた砂を払い落とし、帰り支度をはじめた。優子によれば、夕食には彼女の夫である信介も顔を出す予定だという。感じのいい優子の夫なら身構える必要はないはずで、世話になる以上は失礼のないようにしようと彼は思った。

来た道を引き返し、ベースのゲートにたどり着いて、ポケットに入れてあったメモがないことに気がついた。メモには、歩行者用門扉にかけられた電子錠の暗証番号が記されていた。どこかで落としてしまったらしい。

門扉の脇にそなえつけられた呼び鈴を押そうとしたときだった。

「進さん」

格子状の門扉のむこうから、六十がらみの小柄な女性が近づいてくる。皺《しわ》の刻まれた顔に、以前から知っているような馴《な》れ馴れしい笑みをうかべていた。

進はいぶかしんだまま、曖昧な会釈をした。

「いま開けましょうね。ちょっと待ってくださいね」

門扉がひらき、女性が進を敷地内へ招じ入れる。

「ご挨拶遅れてしまいました。ここのスタッフの国場《こくば》フミです」

「はじめまして……村瀬《むらせ》進です。お世話になります」

深々と低頭する相手につられるように、彼も腰を折った。

「泳いできたの？　お腹空いてるんじゃない？　優子さんに、あとのことまかせてきたんだけど、ご飯もうできてますから」

そう柔和に言って敷地の外へ出ようとしたフミが、ふと思い出したように足を止め、

「ビーチで、誰かとしゃべってませんよね？」

と、じっと彼を見つめてくる。いぜんとして話しぶりは親しげにもかかわらず、顎《あご》のとがった顔に小さくおさまる双眸《そうぼう》には警戒の色がにじんでいた。

思いがけない質問に、彼は言いよどんだ。

深く考えないままサインした誓約書の文面が思い起こされた。先ほどの監視員とのやりとりを素直に口にすれば面倒になるような気がし、誰ともしゃべっていないと首を振った。

「そうね。なら、大丈夫です」

フミは、乾き気味の唇に満ち足りた笑みをつくると、ふたたび慇懃《いんぎん》に頭を下げ、また明日来ると門扉を閉めて集落の方へ歩いていった。

踵を返す彼の胸の中で、相手の機嫌をそこねなかった一時の安堵と、しだいに重みをましてくる消化不良の疑念とがさかんに入り乱れていた。

進はシャワー室で汗を流し、小屋で少し休んでから母屋のドアを開けた。醤油《しょうゆ》の香ばしい匂いがただよってきて、空腹感が高まってくる。

「進くん？　こっち下りてきて手伝って」

優子の快活な声が吹き抜けのホールにひびきわたる。

彼は返事をし、階段を下りていった。リビングの窓ガラスのむこうでは、いつか陽が落ち、残光に照らされた岩礁が深い紺色の輪郭をあらわにしていた。

リビングの奥にそなえつけられたキッチンに、夕食の準備をしている優子の後ろ姿があった。かたわらの十人は座れそうなダイニングテーブルには、フミの手によるものか、人参《にんじん》サラダや豆腐チャンプルーの皿がならべられている。

「今夜は進くんの歓迎会だから、サザエの壺焼《つぼや》きもあるからね」

進は、箸や取り皿を運んだりしながら、優子の言葉に期待を高めていた。

埼玉の実家で引きこもっていたときは、誰とも顔を合わせる気になれず、両親と食卓をかこむことすら避けていた。空腹とはいえ、こうして誰かと食事するのをなんとも思わないでいるのが、自分でもおかしかった。

テーブルには、取り皿や箸が三人分ならべられている。順当に考えれば、その三人は、進、優子、それに信介ということになるだろう。だとしたら、十番の小屋に宿泊している少女の分がここに用意されていないことが引っかかった。

「あの、僕の前の部屋にいる女の子は、呼んでこなくても大丈夫ですか」

進は、包丁で薬味を刻んでいる優子の背中にむかって言った。

「ああ、ナオミちゃんは今日はお部屋で食べるから平気。あの子、すごくシャイだから」

優子は事務的な口調でそう言い、手元に視線を固定したまま包丁を動かしている。

少女が引っ込み思案ということなら、小屋の前で進に見せたあの冷淡な態度もうなずけると彼は思った。

玄関のドアが開く音がした。

角煮を皿によそっていた優子が、信介だ、と口の端に微笑をうかべ、

「おかえりなさい」

と、上階に聞こえるようねぎらいの声を出す。

進は、壁際の階段へ目をむけた。

板張りの廊下を踏みしめる低い音のあとで、やや長い髪を無造作に後ろに流した長身の男が階段を下りてきた。

「へーい、来てるね。進くん、いらっしゃい」

破顔の信介がリビング一杯に陽気な声をひびかせながら、進の方へ歩み寄ってくる。

日焼けした体軀《たいく》は引き締まり、Tシャツの上からでもわかるほど筋肉質だった。引き上げた口角まで白い歯をのぞかせ、鼻梁《びりよう》の通った端整な顔にうがたれた大きな目が優しい。いかにも人の良さそうな雰囲気に、進は無自覚のまま、ほとんど心を許す気になっていた。

「よく来たな。よろしく」

信介が、こちらの肩に片手を添え、握手を求めてくる。明け透けで、同世代にあ

りがちな飾り気のようなものがない。面映《おもは》ゆかった。

「……よろしくお願いします」

遠慮がちに言って、信介の骨ばった手をにぎった。

じっと進を見つめる相手の目に、乳児が未知のものをながめるような無垢《むく》の色がうかんでいる。顔は笑っているのに、なにに対して喜んでいるのか不明だった。不安におそわれそうな予感がし、それとなく視線をそらした。

「進くんて、いまいくつになるんだっけ」

信介が、彼の体を上から下まで値踏みするように視線を往復させている。

「四月で十五になりました」

「え、もう十五なの？」

信介が目を見開いている。どうして年齢を気にしているのか進にはわからず、信介の困惑した表情に落ち着かなくなった。

「十五じゃん」

首をひねった信介が冷たい声でとがめると、優子がうろたえ、

「……すみません」

と、夫婦にしては過剰とも思えるほどかしこまって頭を下げている。

「まぁ、十五でもいっか」

気を取り直すように信介が彼の肩を軽くたたいた。

一転して笑声まじりのなごやかな空気が流れる中、テーブルの前に腰掛けた進は、夫妻にうながされるまま料理に箸をのばしていた。

信介が泡盛を口にしながら、かつて政治家の秘書をしていたころの苦労をおどけるように話すと、優子も東京のテレビ局で経験した失敗を懐かしんでいる。

二人の華やかで都会的な前歴に意外な感をうけつつも、話題が進の嗜好《しこう》や興味へうつるようになって、彼はしだいに余裕をうしないはじめていた。どこまで知っているのだろう。もしなにも知らないなら、不登校をしていたことも、不登校の原因も二人には隠しておきたかった。

「学校に行かなくなったのって、やっぱ、あれ？　いじめとかか」

あっさりとそう言ったのは、正面の信介だった。

進が驚いて言葉をうしなっていると、

「顔見ればわかるよ。ここに来る子には、結構多いし」

と、彼の斜《はす》むかいの優子がとりなすように微笑んでいる。

「やったのは先生とかじゃなくて、クラスのやつ？」

信介が低くつぶやきながら、氷だけになった手元の琉球《りゅうきゅう》ガラスのグラスに目を落としたりしていた。

「……まぁ」

進は気丈に言った。一刻も早くこの話題を終わりにしてほしかった。

「何人にやられたんだ」

彼に顔をもどす信介の目が義憤に駆られたように光っている。

適当に答えようとしたが、唇が動かなかった。同性愛者のアダルト掲示板に進の画像や動画を投稿していた久保山たちの顔が目に映じ、それを囃し立てる教室中の嘲笑が頭内にひびいていた。

「ひとりや二人じゃないんだろ?」

進は思わずうつむき、屈したように小さくうなずくことしかできなかった。

トイレの床の、ざらりとしたタイルの質感が手のひらによみがえってきては、久保山たちに羽交い締めで性器をさらされた際の、モノクロの映像が脳裏にひるがえっている。屈辱感がつのり、彼は発作的に叫びそうになるのをこらえた。

どうしてあのときもっと抵抗しなかったのか。どうしてやり返しておかなかったのか……詮ない悔悟の念が波のように幾度も胸にせまっていた。

「いくらなんでも卑怯《ひきょう》だよな。いくらなんでも……それは悔しいよ」

信介の低声が頭の上に降ってくる。投げやりな言い方にもかかわらず、同情的でいたわりをふくんだ響きだった。

進は下をむいたまま、首を横に振った。目にあふれ出てくるものがあり、手元の取り皿に残った三枚肉の食べさしがにじんで映っていた。

斜むかいにいる優子が、そっと肩に手を置いてくれる。

どれくらいそうしていただろう。長い時間だったような気もするが、三分も経っていないかもしれない。室内には、二人が静かにグラスをかたむける音だけがしていた。

「進、顔あげろ」

信介にうながされ、頭を起こす。濡れた目をぬぐった。気づけば呼び捨てにされていることに、彼は少しも抵抗をおぼえなかった。

「生きてりゃ、そういうこともある。しゃあない。過ぎたことなんだ、もう忘れろ」

信介の言葉が胸にしみる。

「大事なのは、過ぎたことをくよくよ悩むんじゃなくて、そのあとをどうするかなんじゃないか。いつまでも逃げつづけたままでいるのか、それとも、自分を変えて前にすすむのか。ここをただの避難小屋にするのも、修練の場とするのもお前の自由なんだよ。進はどうしたい。どっちだっていい、自分で決めろ」

意見を乞うように進は信介と優子の顔を見たが、どちらの目にも突き放したような光がきざしている。

「どうする。逃げるか」

信介が、わざとらしく冗談めかして言った。

進は口をつぐんだまま、しっかりと首を横に振った。なにかを変えなければいけないのは自分でも薄々わかっていた。

「よし。いいぞ、進」

信介がさっぱりとした調子で言うと、テーブル越しにふたたび握手を求めてきた。彼は、力強くにぎり返してくる信介にたのもしさを感じていた。

その様子を見守っていた優子が口をひらいた。

「進くん、スマホいまあるよね。預からせてもらっていい?」

「スマホですか」

どうして預かってもらう必要があるのかわからなかった。

「まだ規則読んでなかったかな。誓約書にも書いてあったと思うんだけど、ここに滞在してる間は通信機器類をぜんぶ預からせてもらう決まりになってるの」

ハーフパンツのサイドポケットに入れている端末が意識される。中学入学前に親に買い与えられて以来、彼は肌身離さず持ち歩いていた。誰かと連絡をとっているわけではないものの、スマートフォンを介して外の世界とつながっていないと不安だった。

「進、家にいるときどれくらいスマホ見てた？」

口をひらいたのは、信介だった。

引きこもっていたころは、寝ている間をのぞいて、ほぼ一日中スマートフォンやタブレット端末をいじっていた。トイレの中でも、湯船に浸《つ》かっているときも、食事をしているときでさえも画面をながめていた。

「それでなんか自分に変化があったか。そこにどれほどの意味があった？」

進はなにも答えられず、信介の顔を見つめていた。

「わかるだろ。ないんだよ。スマホのむこうにはなんにも。それを手放すとこから、まずははじめなきゃいけないんだ」

進はうなだれるようにうなずき、ポケットから出したスマートフォンを優子へ手渡した。

二

瞼《まぶた》を閉じていても、ぜんぜん眠れる気がしない。

長い一日だった。早朝に埼玉の自宅を出て、そこから飛行機とフェリーを乗り継いで喜久島へわたり、その後は強烈な日差しのもと、海の中を存分に泳ぎまわったりもした。ここしばらく感じたことがないほど疲れている。それでも、いつもと異なる小屋の環境に神経が過敏になっているのか、頭はさえわたっていた。

進は、いつもの癖でスマートフォンに手を伸ばそうとしたが、もはやそれは自分の手元にはなく、信介たちの管理下にあることを思い出した。

うっすら肌寒さを感じる。彼はかたわらのリモコンで冷房の電源を落とすと、暗がりの中、ベッドからおりて部屋の窓を二つとも開けはなった。

テーブル側の窓のむこうに、外灯の微光に照らされた十番の小屋が見え、板張りの壁があわい陰影に塗られている。小屋から明かりが漏れている様子はない。ナオミはすでに休んでいるのだろう。

洗面台側の窓に目をやれば、深い闇をたたえた森がひろがっていて、網戸越しに湿っぽく生ぬるい外気がなだれ込んできた。思ったよりも暑さは感じない。

進はふたたびベッドに横たわり、目をつむった。

森の方から、虫の鳴き声が聞こえてくる。一つではなかった。意識するともなく耳をかたむけていた。

ガラスの風鈴が揺れているような伸びやかで透き通った音、真鍮《しんちゅう》のスレイベルをリズミカルに打ち鳴らしたような高い音、高くぜんまい仕掛けの玩具のネジを巻いているような粘りのある音、劣化した電灯の安定器が断続的に発するような低く鈍い音……多彩な音色を聞きながら、明日のことを思った。

いまさらながら、信介の言っていた「修練の場」という言葉が気にかかってくる。修練がなにを指すのか想像をめぐらせているうち、少しずつ睡気《ねむけ》が体をつつみはじめた。

まどろんでいると、ふいに担任の女性教師の顔が瞼にうかんだ。

五十代の癇癪《かんしゃく》持ちで気分にムラがあり、平気で前言をひるがえすような人間だった。月曜日の全校集会などでは、病的なまでに整列の乱れを気にし、体育館中にひびきわたるほどの大声でヒステリックに怒鳴りちらしているのが常だった。

進がクラスの笑い者にされていたとき、それをはっきりと認識していながら、担任教師は自らの保身のためか一切問題にすることはなかった。彼が不登校になってからは、割ったガラスの弁償を請求してきたうえ、授業を妨害したという理由で彼にクラス全員への謝罪を求めてくる始末で、最初から期待などしていなかったから、憎しみの感情すらわいてこなかった。

はるか遠くの暗がりから飛んできた担任教師がこちらの胸ぐらをつかみ、例の不機嫌な顔で吠《ほ》え立てている。トイレの一件もふくめ久保山たちからうけた一連の顛《てん》末《まつ》を説明しても、まったく聞く耳を持とうとせず、ますます激高していく。その傲慢で公正さを欠いた態度に耐えきれなくなって、思い切り怒鳴り返した。

どうしてか、自分の叫び声が悲鳴となって耳に聞こえてくる。自分のではなかった。若い女性の悲痛な叫び声だった。

ふたたび担任教師が怒号をあげると、なぜかそれも若い女性の響きだった。自分にせよ、相手にせよ、口を開ければすべて、同じ若い女性の悲鳴となってしまう。か細くも必死な悲鳴に聞こえ、泣き叫ぶような絶叫に近い。

夢なのか。現実のような気もする。たしかめようと目を開けたが、開けたつもりになっただけで、いぜんとして意識は曖昧にゆらぐ幻影の中に閉じ込められたままだった。胸が締めつけられるような悲鳴がつづいているというのに、瞼は鉛のごとく重く、持ち上がらない。ふたたび強い睡魔におそわれ、そのまま彼の意識は暗闇の中へ引きずり込まれていった……。

目を覚ますと、窓の外が明るくなっていた。

寝汗で濡れたシャツが不快だった。なにか負の感情をすべて煮詰めたような灰汁《あく》の強い夢を見た余韻が残っている。思い出そうとしたが、たちどころに霧散してしまった。

ベッドに腰掛けた進は、壁にかけられた時計に目をむけた。

時刻は六時半を少し過ぎたところだった。引きこもりのときはもちろん、学校に通っていたときでさえ、これほど早く起きたことはない。たった一日で別人になったように思え、彼は口元をゆるめた。

それにしても奇妙な時計だった。

アンティークの部類に入るのだろうか、既製の量産品のようには見えない。縦横五、六十センチの金色の四角い枠の中に丸い文字盤があるが、見慣れないのは、その装飾だった。四時の外側に有明月《ありあけづき》のオブジェ、九時の外側に太陽のオブジェ、文字盤の中央下に祭壇のようなものが配され、その上に寝かされた人物の両脇で天使が跪《ひざまず》いて祈りをささげている。そして、祭壇を見下ろす司祭のような人物が、松ぼっくりの形をしたオブジェを天にかかげていた。

進は、洗面と着替えを済ませたのち、母屋へおもむいた。

リビングに下りていくと、ダイニングテーブルで信介がスマートフォン片手にトーストをかじっていた。

「おはようございます」

進が声をかけると、信介は画面から顔をあげて微笑み、

「眠れたか？　すぐ出るから、ささっと朝飯食っちゃえよ」

と、空いている席にうながした。

テーブルには、トーストやベーコンエッグなどの副菜のほかに、オレンジジュースでみたされたデキャンタがならんでいる。南向きに開口した窓からは朝日が差し込み、テラスの先にひろがる満潮の海面がかがやいていた。

「進くん、好きなの適当に取ってね」

キッチンにいた優子がハーブティーのポットを手にやってきて、椅子に腰掛けた。

彼は遠慮気味に、それでも食指が動くものから順に、少し多すぎるくらいに自分のプレートに載せていった。どうにか平らげ、食後のハーブティーに砂糖を溶かしていると、優子が彼の食べ終わった皿を見て口をひらいた。

「ゴーヤ、嫌い？」

副菜にゴーヤチャンプルーが用意されていたが、彼はまったく手をつけていなかった。

「……すみません。食べられないわけじゃないんですけど、あんまり得意じゃないです」

弱ったふうに言い訳がましく答えると、テーブルのむこうでコーヒーを飲んでいた信介がスマートフォンから顔をあげ、興味深そうに彼を見ていた。

優子に教えられながら、汚れた食器を洗ったあと、彼は信介につれられてキッチン脇の勝手口から外に出た。

「じゃ、これ持って。けっこう重いぞ」

信介に手渡されたのは、十リットルほどのプラスチック製のバケツだった。蓋がしてあるにもかかわらず、かすかな臭気がただよってくる。

「これって……なんですか」

「見てみな」

蓋を開けてみると、鼻の奥に差し込むような刺激臭が立ち込め、思わず彼は顔をしかめた。調理で出た生ゴミや残飯が入っており、一部かなり腐敗がすすんでいる。豚かなにかの肉がヨーグルトのように溶けた部分から、水が湧き出すようにウジ虫がうごめいていた。

「気持ち悪いだろ。ゴミってのは腐るんだよ。当たり前だけどな」

どこか楽しむような目で彼の反応を見守っていた信介が踵を返し、かたわらの階段をのぼりはじめた。

彼はバケツを手にして、その背中を追った。

苔《こけ》むした階段が敷地内の森へつづいていた。不揃いの石灰岩を無造作に積み上げた足元は傾斜しているうえ、一段一段高さもちがう。

進は息を切らしながら、一段ずつバケツを引き上げていった。

階段をのぼりきると、木々越しに母屋と小屋が見え、少し行ったところで信介が待っていた。

「大丈夫か」

進が汗をしたたらせながらうなずくと、信介はふたたび歩きはじめた。

道は獣道のように曖昧で、ヤシや蔓性《つる》の草木が左右にせまっていて先が見通せなかった。

そこここでガジュマルの樹幹が岩陰から突き出し、自在に曲がりくねってからみあうように頭上を横切っている。朝の光が道にまだらな木漏れ陽を落としては、天蓋のごとくおおった葉々をあざやかな緑に透かしていた。

かすかながら潮騒が聞こえる道を五分ほどすすんだところで、ひらけたところに出た。

単管パイプで組んだ小屋が手前にあり、その横に十五メートル四方の鉄のケージがある。害獣対策のワイヤーメッシュが張り巡らされたその中で、土だらけになった四頭の黒い豚が動きまわっている。

信介がケージのそばによると、なついているらしく、競うように豚たちが駆け寄ってきた。進も、バケツを地面に置いて信介の横に立った。

「かわいいだろ」

信介が、順に豚の頭をなでている。

いずれの豚も丸々としていて、体重はゆうに彼を超えるくらいありそうだった。

信介にうながされて、彼も恐る恐る豚の頭に触れた。思ったよりも毛がやわらかい。

よく見れば、それぞれ模様や顔つきが異なっている。

彼に近い二頭が、地面のバケツに鼻を近づけている。腹を空かせているらしい。

それを見て、信介が口をひらいた。

「雑食だからなんでも食うんだよ、こいつら。昔は豚便所に使ってたぐらいだし」

「豚便所？」

はじめて耳にする言葉だった。

「そこに石の遺構があるだろ、四角くかこってある」

信介がケージのむこうを指差す。

進は、そちらに視線をのばした。なかば茂みに隠れるようにして、崩れかけた石灰岩が見える。

「その穴に人間が糞《くそ》して、豚に食わせてたんだよ。エコだよな」

バケツを持って中に入るよう言われ、彼は信介のあとにつづいた。ケージの内側に入った途端、豚たちが彼のもとへ殺到してきた。土の付着した湿った鼻を彼に押しつけ、白いTシャツがまたたく間に汚れていく。進はおののき、声を出して身をよじった。

「さっさと餌箱に入れないからだよ。早くしないと、進も食われちゃうぞ」

信介が声を出して笑っている。

引きつった顔のまま、ケージの中央にもうけられたステンレス製の餌箱にバケツの中身をぶちまけると、四頭の豚が一斉にそこへ群がった。腐敗臭やウジ虫の存在にもかまわず、猛然と餌をむさぼっている豚を、進は呆然《ぼうぜん》と見つめていた。

近くの沢から汲《く》んだ水を給水器にみたしたあと、信介が彼にスコップをわたして言った。

「いつもはフミさんにお願いしてるけど、今日から進がこいつら世話して」

進はスコップをにぎりしめたまま、笑顔の信介を見つめた。自分の顔がひどくこわばっているのが意識される。

「修練、修練。自分を変えたいって決めたの進だろ？　俺じゃないよ」

後悔が彼の胸をひたしていたが、いまさら撤回することもできなかった。先に母屋にもどっていると言い残し、信介が彼を置いて森の中へ去っていった。

進は、土だか糞だかわからない塊をスコップで拾い集め、ケージの外に運び出していった。

豚の排泄物《はいせつぶつ》はただでさえ悪臭をはなち、湿気をふくんだ暑気にあぶられて濃度が倍加しているかのように感じる。全身から汗が吹き出し、際限なくこめかみに流れ落ちてくる玉粒の滴をTシャツの袖で幾度もぬぐった。

やや風化した黒い毛がそこら中に抜け落ちている。中にはやたらと長いものもあり、糞《ふん》にまみれてアルミニウムのスコップにへばりついてうっとうしい。海の美しい自然豊かな南国の島まで来て、なにをしているのだろう。彼は、スコップを草になすりつけるようにして毛を落としながら、誰にむけるでもない呪詛《じゅそ》を吐きつづけていた。

母屋へもどると、テラスのリクライニングチェアで信介が寝そべりながらスマートフォンをいじっていた。

その頭上にはオフホワイトのガーデンパラソルがひろげられ、涼やかな日陰を落としている。

汗みどろの進は、疲労の濃い表情でリクライニングチェアの手前にあるサイドテーブルに視線をすえた。コーラのみたされたグラスが置かれている。キューブ状の氷が浮かび、中身の冷たさを物語るように表面に水滴をまとっていた。

埼玉にいるときは好んでよく飲んでいた。ここに来てから、飲み物は朝食時のフルーツジュースとウォーターサーバーの水をのぞいて口にしていない。よく冷えたコーラで、炭酸の刺激をこらえながら存分に喉を潤したかった。

信介が、おもむろにスマートフォンから顔をあげた。

「掃除、終わったか」

彼は、サイドテーブルのコーラから視線を外してうなずいた。飲みたいとは言い出せなかった。

「サボってねえだろうな。手抜いたら、ちゃんとわかるからな」

信介が声を低める。目には微笑がうかび、本気なのか、ただの冗談なのか判断がつかない。

「……ちゃんとやりました」

気丈に返答したが、かすかに足がすくんでいるのを自覚していた。

「とりあえずさ、Tシャツ着替えてこいよ。それで、すぐ駐車場に集合な」

信介がそう言って、ふたたびスマートフォンに目を落とす。画面をながめながらグラスを手にし、コーラを口に流しこんでいる。彼はコーラに対する未練を残しつつ、黙って踵を返した。

小屋脇のシャワー室で汗を流して着替えたのち、駐車場へむかうと、庭の東屋に人影があった。

薄桃色のワンピースを着たナオミが、テーブルにノートをひろげ、赤い色鉛筆を手になにか描いている。興に乗じているのか、せわしなく筆が動いてよどみない。進に気づき、色鉛筆の動きが止まった。

こんにちは、と彼は立ち止まって頭を下げたものの、ナオミはうすい唇をかたく結んだまま、彼の顔から視線をそらそうとしない。なにかを訴えているようでいて、同時にあらゆる意思疎通を拒絶しているようにも映った。

所在をうしなってまごついていると、ナオミが彼の肩越しに映るものを目でとらえ、なにごともなかったかのように再度テーブルの絵にむかいはじめた。

ノートを見つめるナオミの顔がどことなくこわばっている。色鉛筆をにぎった手は、金縛りにあったように力んだまま微動もしていない。

進は、背後を振り返った。

母屋に隣接する小屋の方からあらわれた信介が、虚空を見上げながら誰かと電話で話しこんでいる。相手は目上の者らしい。豪胆にふるまう信介には似合わず、こびるような笑声を発し、しきりに低頭している。

彼は、もう一度ナオミに視線をもどした。施設の規則に違反したなどの理由で、信介から叱責でもうけたのかもしれない。

ほどなく電話を終えた信介が、進のもとへやってきた。

「午後からシーカヤックの予約が入ってるんだけど、それまで少し時間あるからいまのうちに練習しとこうか」

物置場へむかう信介の言葉に、にわかに彼の心は沸き立った。

屋根でおおわれた物置場に、ライフジャケットやパドルとならんで多彩なカヤックが幾艇も積まれているのが見える。カヤックに乗ったことはなかった。それでも、テレビなどでカヤックによる川下りを目にしたときは、いかにも気持ちよさそうな乗り物に映り、いつか自分も乗ってみたいと彼は思っていた。

望外の機会にめぐまれ、豚の排泄物を掃除させられた不満もたちまちうすれていく。

「今日はお客さん二人だけだから、トレーラー使わずに屋根に積んじゃおう」

信介とともに彼は、プラスチックでできた二人乗りのカヤックを二艇と人数分のパドルやライフジャケットを駐車場まで運んだ。はじめて触れる用具にいっそう胸が躍る。

駐車場には、優子が港まで迎えにきてくれた際の黒い外国車が見え、その隣にアイボリー色をした大型のクロスカントリー車が庭の方をむいて停まっている。クロスカントリー車の屋根に二艇のカヤックを引き上げ、カーゴベルトをもった信介が慣れた手さばきで固定した。

「運転したことあるか」

サイドステップから下りた信介が彼に顔をむける。

「カヤックに興味はあったんですけど、なかなか乗る機会がなくて」

進は、頬をゆるめた。

「カヤックじゃねえよ。車」

さらりと否定する信介の言葉に戸惑いつつ、彼は首を横に振った。

自動車の運転はおろか、十六歳から免許の取得が許される原付スクーターさえ乗ったためしがない。あるのは、自転車と遊園地のゴーカートぐらいだった。

「車も乗ったことないのか」

信介が苦笑気味に漏らす。

「これだから最近のやつはな。俺らがお前ぐらいのときは、親の車持ち出して、みんなで深夜のドライブに出掛けるのが定番だったけどな」

どこかなつかしむような口調だった。

「……うちの親は、維持費が高いからって車は売っちゃったんで」

彼は、動揺をおさえ込むように弁明した。

「ま、いいや。とりあえず、乗れって」

信介がクロスカントリー車の運転席を指差して、彼に鍵を手渡す。

「え」

進はその場にかたまったまま、助手席に乗り込もうとする信介を困惑した目で見つめていた。嫌な予感しかしなかった。

「え、じゃねえだろ。え、じゃ。車ぐらい乗れなくてどうすんだよ。早く乗れって。思い出せ、修練だろ」

「運転しても……いいんですか」

ほかに断る理由が思い当たらなかった。

「んなの、いいに決まってんだろ。大丈夫だよ。早くしろ」

その冷ややかな声に、彼はあらがうことも逃げ出すこともできないと思った。おぼつかない手つきでドアをあけ、身をよじるようにして熱気のこもった運転席に乗り込む。助手席から見える景色とほとんど変わらないというのに、ハンドルや計器類が前にあるだけで、うっすらと全身が緊張感につつまれていく。

指示にしたがってシートとミラーの位置を調整して電源を入れたのち、信介がシフトレバーを指さした。

「いいか、難しく考えなくていい。いろいろあるけど、PとRとDしか使わない。ほかは無視しろ。いまみたいに駐車しているときはP《パーキング》。エンジンかけるときも、Pじゃないとかからない。走るときは、D《ドライブ》。じゃ、R《リバース》は？」

「……バックするとき」

彼が答えると、信介が満足そうにうなずいた。

「足元にペダルがあるな。左の大きい方がブレーキ。右にあるのがアクセル。最初はブレーキしか使わない。ブレーキ踏んだまま、エンジンかけてみろ」

進が言われたとおり鍵をまわすと、にぶい音を立てて車体が振動しはじめた。ステアリングをにぎった。

「熱っ」

あまりの高温に手をはなすと、信介が小馬鹿にするように声を出して笑った。

空調が効くのを待って、ふたたびステアリングをつかむ。低いエンジン音と共鳴するように心臓が高鳴っていた。

「シフトレバーをドライブに入れてから、サイドブレーキおろして、そっとブレーキペダルはなしてみな。ゆっくり」

ペダルを踏んでいた右足を慎重に持ち上げていく。思わず、力が入ってしまう。脛のあたりの筋肉が過度に緊張し、攣《つ》りそうだった。なにも変化が起きず、誤った操作をしているかもしれないと彼の胸に焦りが生じはじめたとき、窓外の景色がおもむろに動いた。

前方に見える物置場がわずかずつせまってくる。

「……おお」

ステアリングを強くにぎりしめた進の口から、驚嘆に近い声が漏れ出た。このような巨大な鉄の塊を動かしているという単純な事実に、彼は素直な感動をおぼえていた。

「はい、ゆっくりブレーキ」

信介の声にしたがってブレーキペダルを踏み込んでいくと、窓外の景色が止まった。

ステアリングをにぎったまま、放心したように助手席の方へ顔をむけた。ほんの二、三メートルの距離だが、間違いなく自分が運転したという事実に彼は興奮していた。

「簡単だろ」

窓枠に筋肉質な片腕をもたせてくつろぐ信介が、胸の内を見透かしたように笑っている。

進は強くうなずいた。信介の言うとおりだと思った。運転席に座ってからずっとこわばっていた頬が、ゆるんでくるのがわかった。

「よし、次はハンドルいくぞ。ブレーキはなしてから、すすみたい方向を見ながらハンドルをゆっくり回せ」

たのもしい掛け声をうけ、ふたたびブレーキペダルから足をはなしていく。信介の指示どおり修練を積んでいけば、もっと新たな世界が見えてくると進は思った。

その後も修練はつづき、要領をつかんでからは信介にうながされるまま敷地の外を走るようにまでなっていた。

車庫入れの練習を繰り返してから母屋に帰ってくると、信介から事情を聞きおよんだ優子と手伝いのフミから、初運転の感想をもとめられた。彼は無免許運転の罪悪感も忘れ、高揚した気分で感じたままを話した。信介のかたわらで耳をかたむける二人に、とがめられるどころか逆に褒められ、ひどく誇らしかった。

昼食後、彼は信介とともに駐車場へもどると、シーカヤックツアーにそなえて用具の確認をおこなった。

信介がクロスカントリー車の荷室のドアを閉め、

「じゃ、お客さん待ってるから頼むわ」

と、鍵をこちらに放る。

「……僕が運転するんですか」

まさか客を乗せて運転するとは思ってもいなかった。

「さっきあんだけ練習したんだから大丈夫だろ」

「でも……免許だってないし」

「これも修練だから」

信介がにべもなく言って、助手席に乗り込む。

そのあとを追うように、進はこわばった顔で運転席のドアを開け、シートに腰をおろした。ハンドル脇のキーシリンダーに鍵を挿し込もうとして、その手を引いた。

「あの……やっぱり今回はちょっとやめておきます」

助手席の方を見られず、手元のシフトレバーを見つめていた。

「そうやって嫌なことから逃げるんなら、警察の厄介になるけどいいの？」

ものものしい言葉に、進は顔をあげた。

「警察……ですか」

信介が天井のバックミラーに目をやる。車載カメラが取り付けられていて、内側のレンズが運転席をむいていた。

「ぜんぶ証拠残ってるから。他人の車を勝手に乗り回した窃盗と、無免許運転の道路交通法違反で逮捕だよ」

「勝手にって、それは信介さんが運転しろって――」

「お前はまだ十五歳だからな、逮捕されたら留置場に二十三日ぶち込まれて、そっから鑑別所《かんべつ》に送致されてそこで四週間だろ。そのあと家庭裁判所《かさい》で審判やって、少年院《ねんしょう》送りも可能性としてはあるけど、ま、このケースだと施設行きだろうな。二年くらい出られないよ」

二年という言葉が重々しく彼の胸にひびいた。説明がやたらと詳細で、まるきり出鱈目《でたらめ》だとは思えなかった。

「施設ってさ、入ったらわかるけど規則でがちがちの集団生活で、いじめとかめちゃくちゃ陰湿だからな。そんなとこ入って、お前やってけんの?」

信介の問いかけに言葉を返すことができない。脳裏に、せせら笑う久保山たちの顔がちらついていた。

「どうする。逮捕されて施設送りになって人生台なしにしちゃうか。それか、ちょっとそこらまでゴーカート気分で誰も走ってないような田舎道ドライブするか」

進は無言で信介の顔を見つめた。口の端に気楽な微笑をたたえていながら、その瞳は冷たく光っている。この男なら、警察に突き出すようなことも平気でやってのける気がする。二年も自由を奪われる状況など、想像もしたくなかった。

彼は、屈したようにエンジンを始動させた。


比部間集落の民宿で客をひろい、駐車場に車を停めて皆でビーチまでカヤックを運ぶ。

客は二十代前半の男性二人だった。会社の同僚らしく、休暇を利用して島へ遊びに来たという。二人とも、冗談をまじえながらパドルの扱い方や注意事項を説明する信介の気さくな性格にすぐに心を許していた。

進は信介とペアを組み、カヤックを波打ち際に浮かべた。海は凪《な》いでいて、おだやかな波に揺られながら、沖合へむかって漕《こ》ぎ出していく。

時折、微風がまばゆい波間をわたり、パドルのブレードが海水をかく音がしきりだった。かたわらをすすむ客の嬉々《きき》とした話し声が聞こえてくる。

「もっとスムーズに。左右同じくらいの力で。お客さんの方がうまいぞ」

懸命にパドルを漕ぐ進の後方から、申し訳程度にしか水をかこうとしない信介の陽気な叱咤《しった》がさかんに飛ぶ。周囲の風景や海原をすべるような感覚を愉しむ余裕はいささかもなく、彼はだんだんと重たくなってくるパドルを海面に突き入れつづけた。

やがて二艇のカヤックは、無人島に乗り上げた。

進はカヤックを降り、皆のあとについて砂浜を歩いた。およそ砂州《さす》に近い小さな島は砂浜と緑で形づくられ、人工物は見当たらない。エメラルドグリーンの澄みきった遠浅の海が島の円周にそってどこまでもつづく。海中の光が、足元にひろがる白い砂浜をくっきりと映し出し、たえず乱反射しつつ揺らいでいた。

「めっちゃ綺麗」

客の二人が無邪気に歓喜の声をあげながら、写真を撮ったり、枝分かれした珊瑚の欠片《かけら》や水底の砂をつかみあげたりしている。

ここで少し休憩にしよう、と信介が皆に呼びかけ、なかば水に浸かりながら砂浜に腰をおろした。

進も、信介たちの脇にあぐらをかいた。

沖合へ視線をのばす。正面に、緑の山をつらねた喜久島が見える。海岸線の白い帯は比部間ビーチだろうか。岩礁でおおわれた岬の陰に隠れて、ラビットベースは確認できない。

あと二ヶ月あそこに住みつづけると思うとなんとなく気が重かった。信介の課す修練が想像以上に過酷なだけでなく、理不尽なものに感じられる。自動車の無免許運転にしても、信介は島では誰も気にしないことで、自分の成長のためとも言ったが、やはり行き過ぎのような気がする。彼の中で、ラビットベースというより、信介の存在自体が心理的な負担になりはじめていた。

「ほんと天国だわ、ここ」

面長の客がペットボトルの水を口にしながら、すでに何度も言葉にしたはずの感慨を皆に聞こえるようにつぶやいている。

「少なくとも、地獄じゃないわな」

冗談まじりに同調したのは、後ろ手をついてくつろぐ信介だった。

「太古からずっとこの姿。もっとも、戦争のときは、この天国みたいな海が見渡すかぎり、灰色の戦艦で埋めつくされたんだ」

まるで実際に見たかのように話す信介の語りに、客の二人が耳をかたむけている。進は、どことなく神妙な信介の横顔を見つめていた。

「味方の、ナイチャーの戦艦なんかじゃない。ぜんぶ米帝の戦艦。ナイチャーはこっちを捨石にしたから、丸裸同然でどうにかしなきゃいけなかった。みんな犬死にだよ、犬死に」

淡々と話す信介の声に、かすかな義憤の響きがこもっている。

「不勉強でお恥ずかしいんですけど、喜久島にも米軍って上陸したんですか」

小太りの客が沈痛な面持ちでたずねると、信介は当然とでもいうように深くうなずいた。

「男はみんな兵隊に駆り出された。けど、そんなんじゃぜんぜん足りないから、こいつみたいな子供も兵隊やらされたよ」

進は、信介の言う「こいつ」が自分のことを指しているとすぐに理解し、うろたえた。客はいまの話を聞いて、自分の歳《とし》をいくつと思っただろう。十五歳か、十六歳か。少なくとも、十八歳以上だとは思っていないにちがいない。二人には民宿に迎えに行った際に、自分が車を運転しているところを見られている。無免許運転が露見しないか、気が気でなかった。

「さっさと降参すりゃよかったんだけど、捕虜になるぐらいだったら死ぬべきだって男は思ってたし、女はとらわれたら犯されるって信じてたから、言うほど簡単じゃないよな。いまみたいにネットでなんでも調べられる時代すら、真実が手に入らないぐらいなんだから。爆弾かかえて闇夜の敵陣につっこんだのもいれば、味方の兵隊にせまられて洞窟《ガマ》で手榴弾《しゅりゅうだん》かかえて集団自決するのもいた。崖まで追い込まれて飛び降りたのだって数えきれない。そうやってこの楽園も、人間の血で真っ赤に染まったんだ」

進は、客の方をうかがった。二人とも、語《かた》り部《べ》のように淡々と言葉をつむぐ信介の話に聞き入っている。島の悲しい歴史に思いをいたらせている二人のうつむきがちな表情に、彼の年齢や無免許運転をいぶかしんでいる様子はなかった。

「幸せな時代に生きてるんですね、僕たちは」

小太りの客がため息まじりの声を出している。それを聞いて沖合に視線をもどす信介の瞳に、心なし勝ち誇ったような光がうかんでいた。

ツアー中の謙虚で従順な態度を気にいったのか、その夜、信介は客の二人をラビットベースに招いた。

ゲートまで進がむかえにいくと、それぞれ懐中電灯を手にした客の二人が門扉のむこうに立っていた。

「なにここ。すげえ、ひろいんだけど」

彼の後ろを歩く面長の客が目を見開いて、黄色い間接照明に照らされた庭や小屋の群れをながめている。

「こんなところに住めてうらやましいですよ。僕らの民宿なんて、エアコンもついてないボロ屋ですからね」

そうつづけて小太りの客が笑っている。

進は口では謙遜しつつも、客の賛辞を素直に受け止められないでいた。

母屋に入ると、客の興奮した声はさらに高まった。感謝と称賛を口にしながら、手土産の缶ビールをソファでくつろいでいた信介に手渡したりしている。

「そんな気なんかつかわなくていいのに。ま、はじめよはじめよ」

相好を崩した信介が、料理のならんだダイニングテーブルに二人を座らせ、進と優子もそれにつづいた。信介が缶ビールを開栓し、客のグラスについでいく。

「進も、ビールでいいよな」

当然のように言う信介の提案に、テーブルの端に座っていた進は体をかたくした。

飲酒の経験がないわけではなかった。思春期につきまとう見栄《みえ》と無邪気な悪戯心《いたずら》にそそのかされて、友人宅や自宅の冷蔵庫にあった酒を何度か口にしてみたことはある。ただ、甘いジュースのようなカクテル風の酒でも少しも美味《おい》しいとは思えず、ましてやビールなど、少し舐《な》めただけであまりの苦さに辟易《へきえき》し、金輪際口にしないと心にきめていた。

まごついている進を無視するように、彼のグラスにもビールがそそがれていく。信介が乾杯の音頭をとり、グラスのぶつかる音とにぎやかな声がテーブルにみちた。

進は、皆が喉を鳴らしてビールを呑《の》みほしていく様子を無言で見つめていた。手渡されたグラスに目を落とすと、琥珀《こはく》色の透明な液体に無数の気泡がはじけている。見ようによっては冷たいジンジャーエールのようだった。

視界の端で、射るような信介の視線を感じる。

彼はややためらってビールを少しだけ口にふくみ、服薬さながら呑みくだした。

さわやかと思えるような喉越しのあとで、穀物特有の苦味が口腔《こうこう》内にひろがる。喫驚するほどの不味《まず》さに、思わず顔をしかめた。どうして大人がこんなものをありがたがって呑んでいるのかまったく理解できなかった。

その後も、皆にあわせてだましだましグラスに口をつけていたものの、時間の経過とともにぬるくなり、気も抜けてますます薬じみた味になってくる。ちっともビールは減ってくれなかった。

信介たちはグラスをかたむけつつも、歓談に夢中になっている。誰もこちらのグラスに気を留めるものはいない。このままどうにかやり過ごせそうだと彼の胸の中に安堵が生じはじめたときだった。

信介が隣の優子にむかって、

「あれまだあったよな。出して」

と、耳打ちしている。

すぐに意図を汲み取った優子が立ち上がり、キッチンから一升瓶を持ってきて信介にわたした。

「幻の銘酒、波照間島《はてるま》の泡波《あわなみ》。せっかくだから、みんなで呑んじゃお」

信介が誇らしげに一升瓶をかかげると、客の二人からどよめきと喝采が沸き起こった。面長の方にいたっては、ずっと呑んでみたかった泡盛なのだとその希少性について熱心に小太りに話し聞かせている。

「割っちゃうともったいないから、ストレートな」

信介がテーブルにショットグラスをならべ、端から豪快に泡盛をついでいく。

進は我関せずをよそおって、壺焼きのサザエから身をひねり出していた。胸の高鳴りが意識され、周囲の声がやたらと大きく聞こえてくる。

サザエの身が肝の部分まで綺麗に殻から出てきたと同時に、手元にショットグラスが置かれた。顔をあげると、呑んでみろとでも言いたげに信介がうなずいている。

進は、ショットグラスにみたされた透明な酒を見つめた。飲食店のメニューなどでそのような種類の酒があることは知っていたが、実際に目にするのははじめてだった。

鼻先を近づけてみると、消毒液をうすめたような強烈な匂いが鼻腔《びこう》の奥へ差し込んでくる。これまで口にしたビールやフルーツジュースのようなカクテルとは決定的になにかがちがう。自分のような未成年者が体の中に入れていいものなのか彼には判断がつかなかった。

見れば、客の二人はすでにショットグラスの酒を呑みほし、美味《うま》い美味いと瞠目している。信介が二人に泡盛をそそぎ足しながら、しきりに進のグラスを不満げな目で見ていた。

進は、追い詰められるような重圧の中、ぎこちない手つきでショットグラスをつかんだ。まるで他人の手だった。

意を決し、皆の呑み方を真似《まね》てぜんぶ口に流し込む。少しでも舌に酒が触れている時間を短くしようと、間髪を容《い》れずそのまま呑みくだした。

喉の粘膜に焼けるような痛みが走ったかと思うと、その痛みが食道に沿って下方へ落ち、胃腸の付近でひろがった。胃腸が波打つようにせわしなく収縮し、温泉を思わせる熱が痺《しび》れとともにじんわりと四肢へつたわっていく。呼吸をするたび、胃から迫《せ》り上がった泡盛の匂いが蒸気のごとく熱をもって鼻腔をすり抜ける。いつまでも舌にまとわりつく風味が不快だった。

「進、泡波どうだ。美味いだろ」

信介の目に喜色の光がちらついている。

取り繕う余裕すら彼にはなかった。頭皮の毛穴から汗がにじみ、火照った顔が赤らんでいるのがわかる。

「進くん、お水持ってこよっか」

案じた優子が気を回してくれたが、信介が苛立った顔で、

「余計なことすんな。酒がもったいねえだろ」

と、制した。

彼が体の異変に気づいたのは、ほどなくしてからのことだった。

いぜん胃腸に締めつけられるような圧迫感があり、口腔内の不快さはあるものの、熱をもった四肢の痺れがいつか心地よいものに変わり、それが頭の深い部分にまでおよんでいる。視界の焦点がたゆたうように前後し、照明の光が尾を引きながらま

たたいている。妙な浮遊感が全身をつつみ、筋力がおとろえたようにあらゆる動作が緩慢だった。

彼は椅子の背に体をあずけきると、刻々と身に起きる変調に意識をうばわれ、テーブルの上の虚空を放心したようにながめていた。

耳にとどく周囲の話し声がふいに曖昧になったり、明晰《めいせき》になったりしている。

「この世の中ってごくごく一部……にぎってるからな……支配されていることにも気づかないで、毎日あくせく生きてる。自由の時代……嘘だから。見えない檻《おり》の中で……思わされてるだけ」

「社畜やめるには……すか」

「……ぜんぶ持ってるんだよ……入れたいものは大抵。なにもかも手に……欲するか。なにを望み、なにを信じ……」

「金じゃないもの……」

「……いろいろと計画してるから……知らないままの方がいいかもしれない……」

「……悪魔……」

「……悪魔だって、もとは天使だよ……堕《お》ちただけ……」

目が覚める。

一瞬、ここがどこなのかわからなかった。

頭が朦朧《もうろう》としている。進は、ダイニングテーブルの椅子に腰掛けているのに気づいた。

あたりを見回すと、食器やグラスが散らかっていた眼前のテーブルの上はすべて片付けられ、拭き清められている。時刻は、すでに零時近かった。

こめかみの部分に激しい疼痛《とうつう》がし、思わず顔をしかめた。断片的に記憶がよみがえってくる。泡盛を呑んだまま眠ってしまったらしい。客の二人はいつの間にか帰っていた。

「起きたか」

信介がリビングの階段を下りてくるのが見えた。

返事をしようとした途端、強烈な嘔気《おうき》が胸内にこみあげてきた。リビングの奥にあるトイレにふらつきながら駆けこむと、膝をついて便器に顔を突っこんだ。締めつけられたように胃が緊張し、内容物がポンプのごとく勢いよく迫り上がって喉元を通過していく。水の跳ねる音が個室内にみち、胃酸の臭いが立ちこめる。目に涙をにじませた彼は、肩で大きく息をしながら、なかば消化しきっていない吐物で汚れた便器を見つめていた。なおも嘔気が激しい。胃が収縮を繰り返し、いまにも胃から逆流してくる気配がありながら、口をあけてもなにも出てこなかった。

「苦しいか」

耳元で信介の低い声がする。

力なくうなずくことしかできないでいた。ふたたび大きな嘔気がおそってくる。

「……あ……あぁ……ああ……」

進は口をだらしなくあけ、あえいだ。鳩尾《みぞおち》のあたりを強く指で押されたような圧迫感が押し寄せ、腹筋が緊張する。胃から間欠的にガスが出るだけで、いたずらに嘔気をもてあましていた。

「指突っこんで、ぜんぶ出しちゃえ。楽になるから」

いたわるような信介の声が耳元にとどく。

なにかの漫画で、泥酔した登場人物がみずから指を口内に差し入れて嘔吐《おうと》しているシーンを見たことはあった。そのような処置を知識としてはもっていたものの、試したことはない。風邪をこじらせて嘔気をおぼえたときも、自然におさまるまでやり過ごすのが常だった。

彼はすがるような思いで、中指を口の中に差し入れてみた。ざらざらとした舌の表面をなでまわし、喉の方にはわせていく。嘔気が高まり、弛緩《しかん》した筋肉の塊が押し出されるように口の外へのびる。

「……あ……ああ……」

いまにも出そうなのに、そこまでおよんでくれない。

「もっと奥に突っこめ」

信介が声をとがらせている。

「中指だけじゃなくて、人差し指も一緒に。それで、喉の奥をぐっと押しこんでみろ」

いったん中指を抜き出してから、唾液がしたたるのもかまわず二本の指を舌の根元の方まですすめる。喉彦《のどびこ》を越え、急に落ちくぼみはじめた箇所を思い切って押してみた。指先につたわるぬらぬらとした弾力とともに、大きな嘔気の波が押し寄せてくる。強い力で胃が圧迫され、背を丸めた彼が思わず指を抜こうとすると、

「吐きそうになっても我慢して、押しこんだままにしとけ」

と、信介のするどい声が飛んできた。

言われたまま舌の付け根を押しつぶしていると、両手いっぱい分もありそうな吐物が口から噴き出し、便器の中へなだれ落ちていった。

視界が涙でうるみ、口元から唾液が糸を引いている。いくぶん嘔気がうすれているのを自覚しつつ、便器の縁に手をかけて息をととのえていた。

「苦しめ。苦しむほど、得るものはでかいんだ」

はげますような信介の声が彼の背中をなで、足音が遠ざかっていく。

便器に顔をもどした進は、もう一度指を口に入れ、胃に残っている違和感を吐き出すように背を丸めると、トイレの壁にもたれて目をつむった。

闇が視界をふさぎ、回転式の遊具に乗っているような感覚におちいる。嘔気がすぐにでも再来しそうな不快感がつのり、眉根を寄せてこらえていると、いつか意識が遠のいていった。

夢を見ていた。

炎天のもと、比部間ビーチの白い砂浜を必死で走っている。恐ろしい追っ手から逃げていた。絶対につかまってはならないということは明確に認識しているのに、追っ手の正体はぼんやりしていて、その姿も見えない。あるのは、命の危険を感じるほどの恐怖だった。

どれだけ走ったか、激しい渇きをおぼえていた。あたりをうろつきまわっても、体力を消耗するばかりで飲水にありつけない。

かたわらの砂浜には静かに波が打ち寄せ、どこまでも澄みわたった水面がひろがっている。オアシスの湧き水のようで、いかにも美味そうだった。

水の中へ飛び込もうとしたところ、聞きおぼえのある女の声に呼び止められた。

隣のクラスのマミが波打ち際に立っていた。

「そんなの飲むつもりなの？」

ふだんはおとなしい制服姿のマミが自身の腕をだきながら、人が変わったようにせせら笑っている。

「しょうがねえだろ。これしかねえんだから」

無理解なマミの態度が腹立たしかった。

「そんなんだから、進は久保山なんかにいじめられるんだよ。かっこ悪」

気づけば、こちらに対する興味をうしなったマミが、寂しげな光を目にうかべて立ち去ろうとしている。

「待てって。どこ行くんだよ」

はじめて自分の気持ちをつたえたいと思える異性だった。

「進なんかとキスするより、久保山としたいんだ」

マミが抑揚をかいた声でつぶやき、背をむけた。いつの間にかあらわれた久保山と唇をかさねている。

「やめろっ」

二人とも裸になり、屈強な久保山がマミを組み敷いて激しく腰を打ちつけている。

「やめろっつってんだろ」

耳朶《じだ》にひびく自分の絶叫で、目が覚めた。

進の鼻先に廊下の床がひろがり、足の方はなかばトイレの中で横たわっている。額や首もとが汗でひどく濡れていて、Tシャツに吐物が付着している。嘔吐したのち、そのまま眠ってしまったらしい。

いま何時だろう。

廊下の先に目をやると、リビングの照明が落とされている。まだ夜は明けていならしく、窓の外は闇につつまれていた。

風邪で何日も寝込んでいたかのように倦怠《けんたい》感がはなはだしい。自分の小屋のベッドでゆっくり体を休めたかった。

彼はどうにか身を起こし、立ち上がった。脈拍と呼応するように偏頭痛がし、足元がおぼつかない。嘔気は残っていたが、かろうじて我慢できそうだった。

キッチンの水場で口をゆすぎ、立てつづけに水を飲むと、胃が急激な収縮を起こし、にわかに激しい嘔気がよみがえってくる。

「……駄目だ」

トイレへもどるか迷った。一刻も早くベッドに横たわりたかった。

進は、手すりにもたれかかるようにリビングの階段をのぼった。飲酒をしたことがひどく悔やまれ、飲酒をすすめてきた信介に怒りすらおぼえていた。

薄暗い通路を曲がり、母屋の玄関が廊下の先に見えたところで、足を止めた。

廊下をはさんで左右に扉があり、それぞれ銀の標識に〝100〟と〝500〟と記されている。むかって右が信介夫妻の寝室で、その反対側はゲストルームだった。規則にさだめられているとおり、どちらも立ち入り禁止エリアに指定されているものの、ゲストルームの扉がわずかにひらき、そこから暖色の光が漏れている。小屋に寝泊まりしている自分とナオミ以外、ゲストはいないはずだった。

中をのぞいてみたい誘惑に駆られる。それでもいまは、ベッドにたどり着くことが先だった。

ゲストルームの前を通り過ぎようとしたとき、ドアの隙間から、遠い悲鳴のような声が聞こえた気がした。

足を止めて耳を澄ませると、間遠でこもったような高い人声がする。女性のそれのようだった。音量をしぼってサスペンス映画でも観《み》ているのだろうか。だとしたら、誰だろう。

そっとゲストルームの中をのぞいてみる。

シアタールームのようなところを想像していたが、余光に照らされたコンクリートの壁が見える。空調が効いているらしく、冷気が染み出ていた。

彼は、夫妻の寝室のドアに目をやった。すでに寝静まっているのだろう。人声も物音もしない。

慎重にゲストルームのドアを開け、足を踏み入れた。

室内と思われた内部は、コンクリートの壁で仕切られた廊下となっていた。フットランプが等間隔につらなり、ひかえめな照明が板張りの足元を照らしている。左へのびる廊下はすぐにくだり階段がつづいたのち、右に屈折して見通せない。どこか切なげでかすれるような女の声は、いぜんとしてその奥から聞こえていた。

引き寄せられるように階段をくだり、薄暗い廊下を右に折れた。

窓ひとつないコンクリートの壁が両側にせまる十メートルほどの廊下がつづいているのが見え、突き当たりでふたたび右に折れている。その先から明るい光が漏れていた。

足音を立てないよう光の方へ足をすすめた。

女の声が少しずつはっきりと聞こえてくる。走れば数秒の距離が、おそろしく長いものに感じられる。偏頭痛と呼応するように彼の心臓が胸の内側を激しくたたいていた。

ふいに泣きじゃくるような女の悲鳴が廊下にひびきわたり、進は恐怖に顔をひきつらせた。

ただならぬ雰囲気に、いますぐ引き返した方がいいと本能が告げている。にもかかわらず、足は廊下の先を確かめたがっていた。

右手の壁に背中をつけるように一歩ずつ忍び足ですすむ。呼吸が乱れ、息苦しかった。どうにか端までたどり着き、息を殺して光のこぼれる壁のむこうをのぞいた。

奥行きのある広縁のようなスペースに、二脚のリクライニングチェアがともに右手をむいてならんでいる。誰も座っている者はいない。右手の壁は一面にガラスが張られていて、光はその内側から漏れていた。閉め忘れたのか、奥の扉がほんの少しだけ開いている。

いつか悲鳴がやんでいた。ここまで来て、ガラスのむこうをたしかめないわけにはいかなかった。

前に出した右足に重心をのせ、体をかたむけるように首をのばす。

その光景を目にし、彼の顔が驚愕の色にそまった。

照明に明るんだガラスの内部は、十畳ほどの密室空間がひろがっていた。天井は高く、浴室のごとく床と壁面にびっしりと白いタイルが敷き詰められている。奥の扉から階段をくだる半地下構造をとっていて、広縁のリクライニングチェアに腰をおろせば、内部の様子を見下ろすことができるようになっていた。

進をうろたえさせたのは、そうした内部の異様な構造よりもむしろ、そこで繰りひろげられている光景だった。

アイマスクをした全裸の女が分娩台《ぶんべんだい》のようなところにのせられ、股をひろげた状態で四肢を拘束されていた。乳首は左右ともクリップ状のものにはさまれ、体毛のない性器の陰核の部分には小型の電動マッサージ機がテープで貼りつけられている。

分娩台のかたわらに立つ男もまた全裸だった。進のいるガラス面にむけたその背には、大きな翼と角を生やした魔物の刺青《いれずみ》が、暗紫色で立体的に彫りこまれていていかめしい。

シリンダーを手にした男は、そこからのびたカテーテルの先端を女の肛門に差し入れ、血のような赤い液体を内部に送り込んでいる。二百ミリリットルほどの量をすべて注入し終えると、そばのワゴンから蛍光グリーンのスティック状の性具をとり、女の性器に乱暴に出し入れしはじめた。

腰をよじりながら泣き叫ぶ女の悲鳴がガラス越しにつたい、先ほどから廊下で彼の耳にとどいていたそれとかさなっていく。

進は、壁の陰から息をのんで眼下の光景を見つめていた。

すぐそこにあるありさまが、現実のものと思えなかった。同性愛者のアダルト掲示板経由で送られてきた猥褻画像が、次々と彼の脳裏に呼び起こされ、網膜の映像とあわくかさなり合っている。

執拗に性具を動かす男の手つきが激しさをました。女が口を激しくゆがませ、懇願するように悲鳴が高まっていく。

やがて女の背が弓なりにのけぞったかと思うと、こらえきれなくなったように肛門から勢いよく真っ赤な液体が噴出し、床に飛び散った。細い体が幾度も跳ね、そのたびに床のタイルが赤くそまっていた。

進は、決して他人が見てはならない行為だと頭で理解しつつ、その場から少しも動けなかった。

後ろにゆるく流したその髪型や筋骨たくましい後ろ姿から、全裸の男が信介であることに進は気づいていた。分娩台で陵辱されている女は、優子にちがいなかった。

優子から性具を抜き取った信介が、その下腹部を掌で押している。直腸に残っていた液体が申し訳程度に飛び散って、優子の尻を濡らした。下腹部から手をはなし、優子のアイマスクを外す。目元の化粧が涙に濡れて崩れている。嗚咽《おえつ》する優子に硬直した自身のペニスをくわえさせたのち、優子の上におおいかぶさった。

信介の筋肉質な尻が規則的に律動し、汗ばんだ背中の魔物とその下に彫りこまれた〝666〟という数字が照明をあびて白く光っている。

その様子を、進は無言で見つめていた。かたくなった彼の性器が生き物のように脈打ち、衣服の布地を押しのけようとして痛い。

信介の肩口から、優子の顔だけがのぞいていた。眉をひそめて苦悶《くもん》していたその瞼が、ふいにひらかれた。

優子が天井を見つめている。その目がおもむろにガラスの方へかたむき、こちらの視線とぶつかる。

進は瞠目して、とっさに体を引いた。

急いで廊下を引き返す。床を踏んでいる感覚がとぼしく、足がもつれそうになる。早鐘のごとく胸が鳴り、頭が混乱していた。

三

カーテンの隙間から一条の朝陽が差し入っている。ベッドの枕元を横切って、むかいの本棚の一角を照らしていた。

ベッドの上で胎児のごとく側臥《そくが》していた進は、まばゆい光を嫌って反射的に寝返りを打った。

かすかな嘔気の気配が鳩尾から喉元にかけてただよい、全身の倦怠感がはなはだしい。頭が霞《かすみ》がかったようにぼんやりとしている。頭頂部からやや右へ下がったあたりで周期的な鈍い痛みが走り、目をつむってこらえていると脳が揺れている感じがする。

激しい渇きに耐えられず、すがるような思いで瞼をひらいた。これが二日酔いなのだろうか。空調をつけ忘れていたせいもあり、ひどい寝汗だった。

視界には、床に脱ぎ捨てられたビーチサンダルやハーフパンツ、やや足元側に距離を置いて、いつの間にか飲み切った空のプラスチックボトルが映っている。小屋の中らしい。洗面所の水を飲みたくとも、わずかばかりもその気が湧いてこない。進は身じろぎもできず、虚《うつ》ろな目を床にすえていた。

前夜の記憶が細切れによみがえってくる。惰性のごとく脳裏の映像に意識をゆだねているうち、背中一面に彫りこまれた魔物の刺青が目にうかんだ。その刺青をしょった信介が、分娩台に寝かされた優子におおいかぶさり、腰を動かしている。タイル張りの地下室で目撃したあの光景は夢だったのだろうか。

進は頭痛をやり過ごしながら、記憶をたどった。たどればたどるほど、記憶は曖昧にうすれて霧散するどころか、ますますはっきりと細部にいたるまで強化されていく。

細めに開いたドアから漏れる黄色い光、コンクリートの壁にかこまれた通路をみたす冷気、息を殺してガラスの内側をのぞく間たえず鼻腔をつく汗の臭い、泣きじゃくる優子の悲鳴、急いで廊下を引き返しながら舌にまとわりついてきた吐物の残《ざん》滓《し》……。

夢などではないのだと思った。ただそれも、堪えがたい体の不調に、すぐにどうでもよくなってしまう。

いっこうに軽減しない不快感からどうにかのがれようと、ふたたび目をつむって眠ろうとしたものの、睡気がおとずれるきざしはなかった。

瞼の裏に、執拗に陵辱される優子の締まった体がうごめいている。眉根を寄せて泣く優子の顔が何度も大写しになっていた。

やるせない疼《うず》きが押し寄せてきて、下腹部に突き上がるものを感じる。肺が下方から圧迫されるようで息苦しい。たまらず進は下着を膝までずり下ろした。

これ以上ないほど気分は悪いというのに、動いているのがわかる。声もたぬ手負いの生物が最後の精気を振りしぼっているかのようだった。

進はそっとにぎりしめた。

陰毛の生えはじめたそれは、陽にさらされた車のステアリングを思わせるほど熱く、針で刺せば破裂しそうなほど膨張してかたい。先端から分泌液がもれ出し、糸を引いて腹に垂れている。その粘液を塗りたくるように亀頭の稜線《りようせん》を親指でなぞると、快感が腰をつらぬいた。

進はゆっくりとペニスをしごきはじめた。

闇に、優子の顔を思いえがく。

乳首をクリップではさまれた豊かな乳房を、深々と性具をのみこんだ体毛のない桃色の性器を思い起こした。分娩台で股をひろげる優子におおいかぶさって赤黒いペニスを挿入している信介は、自分だった。優子が泣いてなにごとか懇願している相手は自分であり、信介だった。高まる悲鳴に愉悦をおぼえながら、ほっそりとした体の中に何度となくペニスを突き入れつづけた。

やがてぼんやりとした射精感が意識され、徐々にその輪郭がはっきりしてくる。いつか足先まで緊張し、呼吸が乱れていた。

右手の動きを速めた。

優子の泣き面を吐息のあたる距離で見つめたまま、絶頂に達しようというときだった。

「進。いつまで寝てんだ、さっさと起きろ」

玄関の方から信介の声が聞こえ、ドアの鍵を開ける音がする。進はあわてて下着を引き上げ、下腹部をかくすように半身を起こした。

玄関脇に置かれたクローゼットのむこうから、信介があらわれた。

「いま何時だと思ってんだ」

ぞんざいな言い方ではあったが、いつもと特段変わったところは見受けられない。地下の密室をのぞいたことも、いましがた自慰にふけっていたことも気づいていないようだった。

「……すみません、ちょっと気分が悪くて」

下着の中でペニスの先端から体液がにじみ、彼の太腿の内側を濡らしている。

「二日酔いは、体調不良の言い訳になんねえからな」

なにも言い返せなかった。

「顔洗ってすぐに下りて来い」

そう言い置いて、信介が踵を返す。黒いTシャツにつつまれたそのひろい背中に目を凝らしてみたが、魔物の刺青は見透かせなかった。

進は、筋肉痛すらする重い体を引きずってシャワー室におもむき、冷たい水で寝汗を流した。

いぜん偏頭痛と内臓の不快感は残るものの、それでも頭の中の靄《もや》がかかった箇所が少しだけ晴れていく感じがする。

シャワーを浴びながら、壁にそなえつけられた小さな鏡に顔をむけた。目の下にうっすらクマができ、日に焼けて赤くなった鼻先の皮がかつお節のようにめくれている。

これから母屋で二人と顔をあわせると思うと、気が重い。見てはならないものを目にしてしまった事実を胸に秘め、二人の前で自然にふるまえるか心もとなかった。優子にどんな顔をすればいいのか……彼女のもだえる表情がしきりに脳裏にちらついて消え去らない。

思い出したようにペニスがかたくなり、頭上から降りそそぐ水滴に打たれながら立ち上がってくる。

彼は濡れたペニスに月桃の香りがする石鹸《せっけん》をなすりつけ、むさぼるように激しくこすった。迫りくる快感の波にこらえきれず腰が引ける。踵が浮き上がり、膝頭をふるわせながらあっという間に果てた。

モルタルの床に落ちた精液が、渦をまく石鹸の泡にさらわれ、片隅の排水口へむかって流れていく。進はみだれた息をととのえながら、その様子をしばらく見つめていた。

空調のよく効いた母屋の階段を下りると、リビングのソファから声が飛んできた。

「居候の分際で重役出勤なんて、いい度胸してるよな」

ソファでひとりくつろぐ信介がからかうような目で進を見ている。

彼は、申し訳程度に頭を下げながら、顔が引きつってくるのを自覚していた。もとをただせば、信介が無理に飲酒をすすめてきたことからはじまっている。それを棚に上げて、すべて彼に問題があるかのような言いぶりに憤りをおぼえた。

「進くん、二日酔い大丈夫?」

声の方を振りむくと、キッチンから優子が心ほぐれるような明るい微笑をうかべ、

「生姜《しょうが》のスープつくってあるけど、少しなら食べられるかな」

と、歩みよってくる。

前夜、地下室の分娩台で見せた表情は、そこからは微塵《みじん》もうかがえない。彼がのぞいたことを気づいている様子もなかった。

食べられます、と進はうつむきがちに答え、優子の視線からのがれるように窓外の海へ顔をむけた。

椅子に腰をおろし、ウォーターサーバーから汲んだ水で喉の渇きをいやす。コップを手にしたまま、キッチンで鍋に火をかけている優子の後ろ姿を盗み見た。髪を結いあげ、涼しげなすみれ色のワンピースを身につけていた。肩甲骨の浮き出た背や肩を露出し、動くたび、足首までおよぶ薄手の裾が空気をはらんで揺れている。体のラインは目立たなくとも、容易にその下に隠されたなだらかな起伏が頭の中

でたどれてしまう。あたかも裸を見ているかのように錯覚され、羞恥心と不徳感が胸の中で入り交じる。この体がほんの何時間か前まで地下室で陵辱されていた事実に、彼はあらためて強い戸惑いをおぼえた。

進が目にしてきた成年コミックやポルノ動画の中に、理解に苦しむような性行為によって快楽を追求したり、情愛を交わしあったりしているものもないわけではなかった。だとすれば、一見あらがっているように見えた優子も、心はみたされていたのかもしれない。たとえそうだとしても、あまりにゆがみすぎているし、子供を引きうけているホームステイ先として、あってはならないはずだった。

そのような目で見れば、厳し過ぎるベースの規則も、常軌を逸した「修練」も、信介の背中の刺青も……すべてうなずける。あまり長くここにいないほうがいい気がする。いや、と彼は即座にその考えを打ち消した。なるべく早くここを去るべきだと思った。

「さっきつくったやつ、進に出してやれ」

ソファの方から信介の声が聞こえてきた。

優子が冷蔵庫からガラスのコップを取り出し、彼のもとへもってくる。コップの中には、まがまがしいまでに深緑色の液体がみたされていた。

「これは……？」

進は、コップに疑心の目をむけたままつぶやいた。

「特製ゴーヤジュース。搾りたてで、シークワーサーが入ってるからうまいぞ」

キッチンにもどっていく優子のかわりに信介が答え、立ち上がって彼のむかいの席に座った。

「スープの前にそれ飲んじゃえ。二日酔いに一発で効くから」

「すみません……せっかくつくってもらってアレなんですけど、ちょっと僕、ゴーヤは苦手で」

どうにかそれだけ言った。

昨日の朝食で、自分がゴーヤを苦手にしていることを二人は知っている。単純に忘れているのか。それとも、わざと出してきたのか。どちらであっても、いまはとても飲めそうにない。

「お前はなんもわかってないな。良薬口に苦しって言うだろ。薬に好きも嫌いもないんだよ。楽になりたいんなら、うだうだ抜かしてないで早く飲めって」

信介が声に苛立ちをにじませて急《せ》かしてくる。

渋々コップを口元に近づけると、想像をしのぐ強烈な青臭さに進は顔をしかめた。

何度かの躊躇《ちゆうちよ》をはさんで、昨夜の泡盛さながら息を止めてゴーヤジュースを口に流し込む。視界の隅に、信介が充足した表情をうかべているのが映っていた。

「今日はお客さんいないし、俺は港に行かなきゃなんないから、進は午前中豚の世話して、午後は優子のハーブ園手伝え」

進は、おもむろにマグカップから顔をあげた。

「文句ある？」

信介の目にかたい光がうかんでいる。

「文句ってわけじゃないですけど……」

今日はこのまま小屋で休んでいたかった。豚がわめこうが飢え死にしようが、どうでもよかった。彼の中では、もうすでにプログラムを棄権した気になっていた。

「寝たいのか。二日酔いで辛《つら》いもんな」

立ち上がった信介が、突き放すように声を低める。

「……そういうわけじゃ」

「いいか。人間てのはな、苦しいときこそ、追い込まれたときこそ、そいつの本性が出るんだよ。わかるか、お前はいま苦しいんだ」

無言の進の顔に、逡巡《しゆんじゆん》の色がにじんでいた。

「どうする」

信介はそれだけ言って、返事も聞かず階段をのぼっていった。

進は食器を洗ったあと、その足で物置場に運搬用の一輪車を取りに行き、豚の飼育場へ残飯と餌をはこんだ。信介の言いなりになっているわけではなかった。本性とやらのためでもなかった。二日酔いのせいで逃げたとは思われたくないだけだった。

一輪車を使っても一回ではすべての餌を運びきれず、よろけるような足取りでどうにか豚に餌と水をあたえると、彼はケージ脇の木陰に身を横たえた。豚の糞尿の臭いはまったく気にならなかった。茂みのむこうからとどいてくるかすかな潮騒を耳にしながら、泥のように眠った。

午後も信介の言いつけにしたがい、優子の運転でベースから十分ほどの場所にあるというハーブ園にむかった。

「どう、まだ気持ち悪い？」

サングラスをかけた作業着姿の優子が車を走らせるなり、助手席の彼に声をかけてくる。

「お昼食べて、だいぶよくなりました」

昼食は、手伝いのフミが島産のもずく酢と冷たい素麺《そうめん》を出してくれた。すすめられるまま島唐辛子の泡盛漬けをたらすと、思いのほか箸がすすみ、たいらげたときにはなやまされていた頭痛もいくぶんうすれていた。

「さすが、若さだね」

ステアリングをあやつりながら、優子が安堵したように口元をゆるめている。

その寛容な横顔を目にして、気持ちが揺らぐ。優子だけは信用してもいいのではないかとどこかで思いたがっている自分がいる……信介の修練を優子が容認していることや前夜のことを思い返し、彼は心の迷いを振りはらった。

ハーブ園は、見晴らしのいい丘陵の上にあった。

あたり一面に植えられた多様なハーブが旺盛に葉をひろげ、いくつかの種類が多彩な花を咲かせている。優子の趣味をかねたものらしく、時折ゲストをまねいてお茶会をひらいたり、ハーブの収穫をしたりしているのだという。

進は軍手をはめると、麦わら帽子をかぶった優子に手ほどきをうけながらハーブに水をやり、雑草を抜いた。身を焦がすような炎暑では、簡単な軽作業でも厳しい。それでも、散水ノズルから微風に流された霧状の水しぶきは熱い肌に気持ちよく、優子がひとつひとつ名称や特徴を教えてくれるハーブの芳香は、彼の心の淀《よど》みを少なからず浄化してくれていた。

「いったん休憩にしよっか」

優子にうながされて、彼もガジュマルの枝葉が落とす木陰にあぐらをかいた。やや葉のひろい野芝の感触が足をつつんで心地いい。

「いい眺めでしょ」

優子が水筒からハーブティーをついだコップを手渡してくれる。彼はよく冷えたハーブティーを口にふくみ、前方へ視線をのばした。

なだらかな緑の丘陵をくだった先に青い海岸線が見え、はなれるにつれ尻すぼみになっていく島の南端をふちどっている。絶崖の岬を取りかこむ岩礁がたえず白波に洗われ、そのむこうには、凪いだ外洋が吸い込まれそうなほどの青さをたたえて果てしなくひろがっていた。

「ここでぼーっと海をながめてると、嫌なことがあってもどうでもいいかなって思えるんだ」

自身に言い聞かせるような口調だった。

優子の言う嫌なこととはなんだろうと彼は思った。信介から陵辱をうけていた優子の表情がモノクロの残像となって心の片隅にまたたく。

「こっちに移住してきたばかりの幼馴染《おさななじみ》を、最初にここに連れてきたときにね」

優子の幼馴染がこの島に移住していたことなど、はじめて耳にする話だった。

「彼女がこう言ったの。この海を、どこにでも行ける可能性にみちた出発点と感じる人と、どこにも行く必要のない平穏な終着点と感じる人と二つに分かれるって」

なんとなく胸内の決意を見透かされている気がし、落ち着かない。

「そのときはどちらかって私には言わなかったけど、たぶん彼女は前者で、ここをアルカトラズの監獄ぐらいにしか思ってなかったんだろうな」

優子の話しぶりは淡々としている。にもかかわらず、単に懐かしむのとはちがう、深い断念の響きがこもっているように彼には感じられた。

「その幼馴染の人は、それで、どこに行ったんですか」

たずねると、優子は唇をそっとゆるめ、

「もうどこにもいないの」

と、小さく首を横に振った。

その答えが死を意味するらしいと理解し、進はすぐに詫《わ》びたが、思いにひたっているのか、優子はさして気にしていないようだった。

会話が絶え、遠くの方で伸びやかな鳥の鳴き音がする。気詰まりな感じはしなかった。時折、島風がゆるく流れ、草葉を優しく揺らしている。

二杯目のハーブティーを飲みながら、進はしだいに心が安らぐのを感じていた。この場所に居心地のよさをおぼえているだけでなく、隣の優子の存在も大きかった。自分を疑ったりせず、どんなことでも受け止めてくれそうな気がする。優子は自分の思惑に気づいていて、わざと素知らぬふりをしてくれているのかもしれない。

「あの……」

口をひらくと、海をながめていた優子が振りむいた。澄んだ顔だった。

「ここのプログラムって二ヶ月だと思うんですけど、途中でやめることってできるんですか」

進は遠慮がちに切り出しながらも、ほとんど同意を得られる気になっていた。期待をふくんだ目を優子にむけて、彼はうろたえた。人が変わったようにその顔がくもっている。

「ごめんね、それは規則でできないの。サインしたよね？　もし途中で契約解除ってなると、ものすごい違約金がかかっちゃうから、たぶんご両親でも払うのは大変だと思う」

まさか違約金がかかるとは思ってもみなかった。それも相当に高額だという。臆する気持ちがきざしかけたものの、いまは金の問題ではなかった。

「どうして？」

とがめるような目で優子がこちらの顔をうかがってくる。

「お金は親にたのんでどうにかしてもらうんで、帰らせてもらえませんか。お願いします」

進は強い調子で訴えた。

膝をかかえた優子が思案げな面差しで自身の指先を見つめ、苛立たしげに爪についた泥をぬぐっている。

「帰らない方がいいと思う」

おびえをふくんだ声だった。

どうして優子がそのようなことを言うのかわからず、彼は困惑した。内心、明日にでも埼玉の自宅に帰れると思っていた。

「信介、すごくしつこいから。たぶん、進くんが途中でやめるって言っても聞かないと思う。前にもそれで、ひどい目に遭った子がいるし」

心臓が強く胸をたたいた。飲酒を強要する信介の声や分娩台の優子を執拗に陵辱する信介の後ろ姿が、頭の中をかけめぐる。

「進くん、車の運転しちゃったよね？」

進は、おびえた目でうなずいた。無免許運転で警察に突き出すと言っていた信介の言葉が、いまさらながら真実味をましてくる。

「帰りたいなんて、信介には言っちゃ駄目だよ」

なぐさめるような声だった。

群れからはぐれたのか、迷路のごとく地面に密生した野芝のあわいを、一匹の小さな蟻《あり》がさまよっている。彼はうなだれたまま、手足がうっすらと茶に色づいたその黒い点を目で追っていた。

それから、プログラム終了の期日をただ待ちわびるだけの日常がはじまった。

心を無にし、一日一日をただ機械的にやり過ごす。信介に言われるまま、進はガイドの補助や豚の世話といった雑務を、なかば意地で、なかば諦念のもとこなしていった。ときに信介から無理な要求をされることがあっても、車の運転をふくめ、たいていは黙って呑みこんだ。信介の怒りを買ってしまったときは、卑屈な微笑を目にうかべて謝り倒すことでしのいだ。

ツアーの客をまねいた宴席で酒を呑まされるときもあった。それでも、酒とともに多量の水を飲んだり、食物で胃袋をみたしたりすることで酔いが軽減されるのに彼は気づいた。無理に強要されても不快になる前に先手をうってトイレで嘔吐し、正体不明になるほどの泥酔からはまぬがれていた。

奇妙で、のっぺりとした毎日だった。夜中に悲鳴が聞こえることも、ゲストルームの地下室で信介たちが異常な情事にふけっている気配もない。たとえなにか起きていたとしても、見聞きしなければ存在しないも同じだった。

一日が終わると、ノートに書いた手製のカレンダーの日付に×《バツ》を記し、下着を脱いで、その日の鬱屈をあまさず吐き出すように頭の中で優子を犯した。

日が経つほどに、日焼けした肌の皮がむけることはなくなり、いつか島民さながら顔も手足も焦げ茶色にそまっていた。力仕事になれるにしたがって筋肉痛は軽減していき、鏡の前に立つと、心なし腕や肩まわりの筋肉が盛り上がってきているように映った。

囚人めいた日々をおくる中で、進の心をささえていたのは、四頭の豚だった。

毎日かかさず接するうち、豚たちは彼になつきはじめ、飼育場に姿を見せるだけで、欣喜《きんき》して柵まで駆け寄ってくるようになった。去り際には、悲しげな声を出していつまでもこちらの姿を見つめてくれる。わずらわしい会話や相手の機嫌をうかがうような気遣いはいらず、ただ無邪気にふるまう豚たちに彼も愛着を深めていった。

豚たちを観察していると、どれも雄でありながらそれぞれ特徴があることに気づき、何日か同じ時間を過ごしているうち、ひと目で見分けられるようになった。彼は一頭ずつ名前をつけ、ひそかに呼ぶようになった。

大きい鼻に白い斑点があり、どの豚よりも穴掘りと泥遊びを好むのはブイブイ、垂れ目耳の一部がちぎれ、わがままで他の豚にちょっかいばかり出すのはブージ、垂れ目が愛らしく、おっとりしていて気ままに草をはむのはブーサン、他の豚よりも肉づきがよく、食いしん坊で昼寝ばかりしているのはブーサン、他の豚よりも肉づきがよく、

手製のカレンダーに×《バツ》が十六個ならんだこの日、進はひとり朝から豚の世話をしていた。糞便を始末し、寝床の藁《わら》をととのえながら、いつもの曲を歌いはじめた。興が乗って声量がましてくると、彼のあとをついてくるブーサンや木陰で草をはんでいたブヨンらが動きを止め、唱和するように鳴き声をあげては、短く断たれて丸まった尻尾《しっぽ》を機嫌よさそうに振っている。

最初は、誰もいないのをいいことに気晴らしのつもりで流行りの歌謡曲を歌っているだけだったが、あるとき、ふと思い出してこの曲を口ずさんだところ、豚たちが歌に反応していることに彼は気づいた。

豚の知性が高いらしいことは世話をする中で実感していたものの、よもや曲の区別がつき、その上曲の好みまであるらしいというのは素直な驚きだった。単なる勘違いかもしれない。たとえそうだとしても、彼の心を癒してくれていることに変わりはなかった。

声を張ってほがらかに歌ってやるのが気に入るらしく、この日も、嬉《うれ》しそうに尻尾を振るブーサンたちの声援にこたえるように、繰り返し同じ曲を歌いつづけた。

進が生まれるよりずっと前の昭和につくられ、教科書に掲載されるほどひろく親しまれたこの曲を知ったのは、中学校の文化祭がきっかけだった。

文化祭の最終日、全校生徒がつどった体育館のステージで各クラブによる発表会がおこなわれ、その演目のひとつに、吹奏楽部によるブラスバンド演奏もふくまれていた。ステージいっぱいに楽器を手にした部員がならび、指揮者の合図によってポップスやジャズのスタンダード・ナンバーが演奏されていく。彼が耳にしたことのある曲もあれば、そうでない曲もあった。それでも、前の演目で演劇部が披露した少しも笑えない喜劇にくらべれば、演奏は素人目《しろうとめ》にも調和がとれていて、しだいに会場全体がグルーブしていくのが後方の席にいた彼にもわかった。

途中、サクソフォンの女子生徒がひとり席を立ち、楽器を首から下げたままステージの前方までやってきた。それがマミだった。同学年ながら別のクラスの彼女とは言葉をかわしたことはなく、顔と名前ぐらいしかそのときは知らなかった。マミにスポットライトが落とされ、ソロがはじまった。サクソフォンを吹く彼女の面構えはふだんのそれからは想像できないほど自信にみち、会場にいる誰よりもこの瞬間を楽しんでいるといった様子で音とリズムを自在にあやつっていた。しだいにその姿に引き込まれていき、マミから目がはなせなくなった。ソロが終わってても余韻から抜け出せず、ほかの生徒の間からわずかに見えるマミにいつまでも視線をおくりつづけた。

以来、マミを意識するようになり、そのときマミがソロを担当していたこの曲も特別なものとなった。

目をつむって頭を突き出してくるブーサンの額をやさしく掻《か》いてやりながら、進が三周目の一番を歌い終えようとしたときだった。

「この心をとどけよう、じゃねえよ」

ふいのとがった低声に、進は顔をこわばらせて振り返った。

森の中から、ジーンズにサンダル履きの信介がやってくるのが見える。しゃがんでいた彼はブーサンから手をはなし、あわてて立ち上がった。

「お前、歌ってる暇あったら手動かせよ。歌じゃなくて、餌とどけるんだろうが。遊びじゃねえぞ、こら……わかってんのか」

眉間に皺をきざんだ信介が歩み寄ってくる。

「わかってます……すみませんでした」

伏し目がちに小さく言って、反省の態度をしめした。いつか彼の中で物事の平衡感覚が摩耗し、謝罪という行為にほとんど抵抗がなくなっていた。

信介がケージの中に入ってきて、注文をつけながら餌場や寝床の状況を見てまわっていると、ジーンズの後ろポケットに突っ込んであった信介のスマートフォンが鳴った。

ディスプレイを確認した信介の表情に緊張の色がうかび、焦った様子で電話に出ている。

「もしもし、ご無沙汰してます、お元気ですか」

姿勢を正した信介が親しみと敬愛をこめた声で応答している。

「ええ……ええ……来週ですか。ぜんぜん余裕ですよ、いつでも来てもらって大丈夫です……いまですか……正直、数はそろってないんですけど、ゼロではないです。新しく入ってきたのもいますし」

話を終えた信介は電話相手に対してしきりに頭を下げながらスマートフォンをしまうと、ブーサンたちに近づいていった。

物をあつかうように荒々しい手つきで一頭ずつ体をさわってなにかを見定め、木陰で気持ちよさそうに寝ていたブヨンの尻を蹴り上げたりしている。ブーサンが鼻先をジーンズになすりつけながら匂いをたしかめていると、それに気づいた信介が、

「汚ねえだろ、この馬鹿が」

と、ブーサンの鼻に容赦なく拳を振り下ろした。

よほど腹に据えかねたのか、なおも信介は、顔をそむけるブーサンに殴打を繰り返している。ブイブイとブージが泥を浴びているぬた場の水音をかき消すように、悲痛な鳴き声がひびく。

進はその光景を見つめながら、助けなければと咄嗟に思った。ブーサンがまるで久保山たちにいじめられている自分のように映っていた。走り寄って止めようとしたが、意思に反して体は少しも動かず、その場に立ちつくしたまま膝頭をわずかに

震わせるだけだった。

やがて気が済んだらしい信介が母屋へ引き返していった。

森の方を警戒しつつ、どことなく悲しげな面持ちでうろついているブーサンに重い足で近寄っていく。

「……痛かったな」

彼は胸に込み上げてくるものをこらえ、涙を思わせる目やにをぬぐってやった。


週が明けた。

手製のカレンダーの×《バツ》が二十個目を数えるこの日、午前中からシーカヤックのツアーの予約が入っていた信介を、進は早朝から手伝った。客といくつかの離島をめぐり、比部間ビーチの駐車場にもどってくると、信介が彼の方にむき直って、

「お客さんとメシ食ってくるから、カヤック、車に積んで適当に時間つぶしてろ。絶対、傷つけんなよ」

と、二人の若い女性客をともなって集落の方へ歩き去っていった。

進は、不服な顔をその後ろ姿にむけていたが、二艇のカヤックを車の屋根に載せ、パドルやライフジャケットなどの道具をトランクに積み込んだ。車内に身を入れよ

うとして、思いとどまった。一時間ほどでもどってくると言っていた信介を、冷房をきかせた車内で待っていたら、またなにか難癖をつけられそうな気がする。

前から気になっていたこの近くにある展望台を思い出し、かたわらの案内板をたよりに、駐車場脇の小道に足をむけた。

草木でなかば消えかかった道をすすむ。五分ほど歩き、丘の上へつづく長い階段をのぼりきると、円柱状の展望台があらわれた。

建物はコンクリート造りで、風雨にさらされて黒ずんでいる。内部はかび臭く、巨大な蜘蛛がそこここに見事な巣を張っている暗い螺旋《らせん》階段をのぼっていくと、やがて視界がひらけ、まばゆい光が飛び込んできた。

展望台は回遊式で、吹きさらしの屋根をささえる支柱の間から、ポストカードのような景色が眼下にひろがっている。三日月形の比部間ビーチや家々が密集する集落はむろんのこと、反対側の山々やその先のビーチまで一望できた。

展望台には、進のほかにも二組の観光客がいたものの、にぎやかな声をあげながらひとしきり写真を撮り終えると、ほどなく階段をくだっていった。

彼は、コンクリートの開口部に身をもたせ、珊瑚礁の陰影がモザイク状に点々とするターコイズブルーの海や、重量感のある雲が白くかがやく青い空を見つめた。

涼気をはらんだおだやかな海風が顔をなで、下方から、意外なほどはっきりと潮騒の音がとどいてくる。

朝からパドルを漕いだせいで、いつにもまして空腹をおぼえていた。早く母屋にもどり、なにか口に入れたかった。

自分を残して客と昼食に出掛けた信介をうらめしく感じつつも、食事をあたえる役目を果たしていないのは自分も同じだと、彼は思い直した。今日はまだ飼育場におもむいていない。ブーサンたちは腹を空かせているにちがいなく、フミに取り置いてもらっている人参の切れ端をもっていけば、きっと喜んでくれるはずだった。

展望台をあとにし、階段をくだっていくと、途中、道が枝分かれしていることに気づいた。周囲に標識の類《たぐい》は見当たらず、来るときは見落としていたらしい。道は獣道のようになかば草木にはばまれながら曖昧に奥へつづいている。通り過ぎかけて、彼は踏みとどまった。

脇道の方から、かすかに音が聞こえてくる。鳥や虫の鳴き声とはあきらかに別種の響きで、自然界に存在するものとは思えなかった。

信介がもどってくるだろう時間まであまり余裕はなかったものの、彼は、好奇心に負けて脇道に入っていった。鬱蒼とした木々が天蓋となって彼の頭上をふさぎ、視界がきかない。道をすすんでいくうち、しだいに音がはっきりとしてくる。車のラジオですっかり耳になじんだ三線《さんしん》の音のようだった。

こんなところで誰が弾いているのか。三線の音色とともに、沖縄民謡独特の節回しをもった歌声も聞こえてくる。しわがれていながら、哀感のこもった男性の力強いそれに感じられた。

演奏のさまたげにならぬよう静かに歩をすすめながら、カーブを曲がっていく。歌声の出処《でどころ》は間近にせまっていた。

壁のように視界をさえぎっていた木々が切れる。そこはちょうど展望台から死角となる崖の中腹に位置し、浸食によって無数の孔《あな》がうがたれた石灰岩がひろがっていた。

海にむかって張り出したテラス状の巨岩の方に顔をむけ、進は目を見張った。

巨岩の上で、ずんぐりと太った男が背をむけてあぐらをかいている。肉のついた肩先に乱れた髪を垂らし、どういうわけか丸裸だった。

男はひとり三線を弾きながら、歌声をひびかせている。自身の感情をいたずらに吐露するでもなく、その場にいる誰かに聴かせるでもない。形なき畏怖なるものに対して、静かに祈りをささげるとも少しちがう。悠久とそこにただよう空気をできるだけ忠実に音に換えているような歌い方だった。

古くから土地の者だけで守られてきた聖域に立ち入ってしまった気がし、反射的に彼は引き返そうとした。

ふと三線と歌が止《や》み、おもむろに男が振り返った。来島時に声をかけてきたジャバだった。彼がラビットベースで生活をはじめてからは、一度も見かけていない。三線の棹《さお》をにぎっていたジャバの左手が、かたわらに放ってあった衣服に伸びかけたものの、闖入《ちんにゅう》者が進とわかり、杞憂《きゆう》だったとでも言いたげにその手が引っ込められた。

ジャバは海の方へ顔をもどすと、ふたたび三線の弦をつまびきはじめた。

「まだいたんか」

フェリーの甲板で話しかけられたときと同じように、ぶっきらぼうな声だった。あからさまに非難の響きがまじっている。

当惑した彼が言葉をうしなっていると、ジャバが視界の端に彼をおさめるように巨岩の上に視線を落とした。

沈黙が流れ、遠い波の音があたりにみちた。

「こっち来い」

かどわかすかのような、ふくみのある語調に聞こえた。

ジャバが三線を置いたかと思うと、手をついて立ち上がろうとしている。進は身の危険を感じ、来た道を駆けもどった。

「待てっ」

ジャバの声が背中に当たったが、足は止めなかった。

比部間ビーチの駐車場にもどると、いつからそこにいたのか、信介が車に寄りかかってコーラを飲んでいた。

「……すみません、遅れてしまって」

適当な言い訳も思い浮かばず、いまにも降りかかってきそうな叱責におびえながら頭を下げた。

「お前も飲むか。喉渇いたろ」

予想に反して、おだやかな声が返ってくる。

内心驚きながら、ペットボトルをかたむけている信介の横顔に、半信半疑の目をむけた。冗談を言っているようには感じられなかった。

「……いいんですか」

これまで集落に来て、信介からジュースを買ってもらったことなど一度もない。

自分を置きざりにしたことへの埋め合わせのつもりなのか。

「これで好きなやつ買ってこい」

恩着せがましい感じには聞こえなかった。

誘惑にあらがえず、信介から小銭を受け取ると、彼は近くの売店に急ぎ、ラビットベースに来てからずっと飲みたいと思っていたコーラを買ってきた。

「いただきます」

信介に礼を述べ、進は冷えたペットボトルの蓋を開けた。

炭酸ガスの抜ける小気味良い音がする。鼻先に当たるほどの気泡がはじけるのもかまわず、口に流し入れ、そのまま喉を鳴らして飲みくだした。痛みに似た喉奥の刺激をこらえると、さわやかな甘い香りが口の中にひろがっていく。ビールなどとは比べものにならないほど美味しかった。

「うまいか」

信介が笑っている。

「美味しいです」

日頃の恨みも忘れて、素直に言葉を返した。

「ベースでメシ食ったら、豚の面倒たのむな。俺もあとから様子見に行くつもりだから」

彼はうなずき、気が抜けてぬるくなってしまわないうちに残りのコーラを飲み干した。

昼食後に餌をもって飼育場におもむくと、ブーサンたちが待ちかねていたとでも言いたげに進のもとに駆け寄ってきた。しきりに鼻をひくつかせ、歓迎するようにこもった低い鳴き声を立てている。ふだん餌としてあたえているトウモロコシや麦などの粉末とは別に、人参も餌箱にほうってやると、奪い合うようにかじりついていた。

清掃を済ませたのち、飼育場の片隅で横たわっていたブーサンの丸く張った腹や胸をなでてやった。泥のついた黒い毛は艶がよく、やわらかい。あたたかな体温と、胸の下で健気《けなげ》に律動する心音が掌《てのひら》につたわってくる。よほど心地よいのか、わずかにひらいた瞼が何度も眠たげに閉じかけていた。

たとえ信介が来てもすぐにはわからないほどの声量でいつもの曲を口ずさむ。一本のコーラが思いのほか彼の心を明るくさせていた。いくら信介が非道で常識にかけるとはいえ、結局は血のかよった同じ人間なのだと思った。この調子なら、残り一ヶ月あまりの期間もなんとかやっていけそうな気がした。

それから半時間ほどして、森の奥から信介がやってくるのが視界に入った。彼が餌を運んできたものとは別の、一輪車を押している。

「よし、それじゃやるか」

信介は一輪車を置き、肩にかけていたロープの束をおろすと、ケージ際に立って飼育場を見回しはじめた。

「やるっていうのは……なにを」

彼の問いかけには答えず、信介は、進のかたわらで下草をはんでいるブーサンに目を留めた。

「そいつにしよう」

ロープを両手にもち、ケージの中に踏み入ってくる。

信介がなにをしようとしているのかわからず、進はその場に突っ立っていた。

「お前、ロープ使える?」

いくぶん困惑しながら彼が頭を振ると、そうだろうなとでも言うように、信介は目をゆるめ、

「こっち来い。教えてやる」

と、手招いた。

「ロープは一回おぼえちまえば一生使えるし、使えるようになって困ることなんてないから。まずは基本のハングマンズノット」

信介の手ほどきをうけながらロープを折り返したり、ロープ同士をまきつけたりしていく。

「今度はこっちを、そこでできた輪に通して……そうそう……それでここをもって引いてみろ」

言われたままに結び目を引き絞ると、ロープの先にできた輪がちぢまる。ロープを引けば引くほど、あるいは輪にかけたものが遠ざかれば遠ざかるほど、それだけ強く絞まるようになっている。その単純で、実際的な仕掛けが進には新鮮に感じられた。

「これがちゃんと決まれば、ロープが切れない限り抜けることなんてないから。ためしにそいつの首にかけてみな」

信介が、地面に鼻を近づけているブーサンを指さす。

ハングマンズノットでつくった輪をひろげ、ブーサンの首にかけてやると、信介は、ロープの端をもってケージ脇に立つフクギの高木までのばしていった。

「次は、トラッカーズヒッチ。滑車の原理で引っ張った数倍の力が働くから、タープ張ったり、トラックの荷を固定するときなんかは、たいていこれでやる」

信介に教えてもらったとおりにロープを幹に結ぶと、ブーサンとフクギが三、四メートルの距離でつながれた。

一輪車のところまでおもむき、信介が荷台に載せられていた長靴とゴム手袋を身につけながら、彼にもそうするよう指示した。荷台には、長靴などのほかに、長さ一・五メートル、直径三、四センチほどのプラスチック製のパイプも見えた。先端に端子じみた金属の棒が二本突き出ていて、反対側からはコードがのびている。バッテリーのような装置もあった。

なんに使うのだろう。予防接種を打つのか、感染症対策の薬剤でもまくつもりなのか。もしかしたら去勢の類の痛々しい措置をほどこすのかもしれない、と彼は警戒した。

長靴に足を入れ、ゴム手袋を両手にはめながら、

「あの……いまからなにするんですか」

と、あらためてたずねてみる。

「いただきます」

パイプを手にした信介がコードの具合を点検しながら答えた。

「……いただきます？」

言葉の意味するところがつかめず、彼は相手が言葉をつぐのを待った。

コードをバッテリーにつなぐ手を止めた信介が、

「あれ」

と、ブーサンを一瞥《いちべつ》する。

「この電気槍《やり》でいただくんだよ。明日、大事なお客さん来るから、あれでおもてなしする」

これから起ころうとすることにようやく理解がおよび、進は狼狽《ろうばい》した。

「それって、殺すってことですか」

まさかブーサンを食肉にしようとは思いもしなかった。それも、どこかへ出荷するのではなく、この場でつぶすのだという。

「言葉に気をつけろ。殺すんじゃねえ。命をいただくんだ」

信介の声に、聞きなじんだ苛立ちがまじっている。

「ちょっと、待ってもらえませんか」

混乱した頭でどうにかそれだけ言った。ブーサンをうしなうわけにはいかなかった。

「待てるわけないだろ。明日なんだから。豚食べんのも楽しみにしてくれてんだよ」

さらりと答える信介の語調に、譲歩の余地はいささかも掬《すく》いとれない。

進は、せめてブーサンだけは見逃してほしいとたのもうとして、ひらきかけた口をつぐんだ。ブーサンのために、他の三頭をうしなっていいわけではなかった。ブイブイもブージもブヨンも、ブーサンと同じくらい彼にとっては大切だった。

「でも……」

弱りきった声しか出てこない。

「でも、じゃねえよ。お前な、さんざん豚肉食っといていまさらなに言ってんだ。言っとくけどな、お前が昨日うまいうまいつって食ってた豚の角煮《ラフテー》、先月までここにいたやつだからな」

肌が粟立《あわだ》つ。信介の顔に視線をすえたまま、無自覚のまますぐ口をひらいていた。

「誰かに汚れ仕事押しつけて、てめえだけ美味しいところもってって、そんで綺麗事抜かすつもり?」

うなだれ、力なく首を横に振った。ズルをしたいわけではなかった。ただブーサンをうしないたくないだけだった。

「なにかを得るには、なにかを犠牲にしなきゃなんないんだよ。行くぞ」

信介が電気槍をもってブーサンにむかって歩いていく。進は紐《ひも》でつながれたように、感覚のあやふやな足でそのあとをついていった。

「バッテリーから来た電気がこの昇圧器で電圧あげられて、先端の二本の電極にふれると、通電される仕組みになってる――」

信介がかたわらで電気槍の扱い方を説明してくれている。呆然と地面の一点を見つめる彼の耳にはまったく内容が入ってこなかった。

「俺が電源入れてやるから、やってみろ」

電気槍が手渡される。彼は灰色のパイプをにぎったまま、その場にかたまっていた。なにも知らずにロープでくくられたブーサンの姿が視界の一角に映っている。すべてが人工物でつくられたように現実感にとぼしく、端々が赤くかすんで明滅していた。

「……無理です」

進は、赤い光をおびたブーサンを凝視したままつぶやいた。吐息のようにかすれた声だった。

「ガキじゃねえんだから、無理とか抜かしてんじゃねえよ。ほら、さっさと刺せ」

信介に背中を押されたが、尻込みするように彼は踏ん張った。

ブーサンがおもむろに顔をあげる。瞬きひとつせず、こちらをじっと見つめている。なにかを察したような静かな目だった。身がすくみ、逃げ出したかった。

「刺せ」

信介の怒号が耳にとどろく。

赤いちらつきが激しさをまし、黒く沈んだブーサンの目だけがかたく光っている。抗議の色にみちていながら、どうしてかこちらのすべてを赦《ゆる》してくれているように見えた。

束《つか》の間《ま》だが心通いあったこの友人を、なにがあっても死なせてはならないと思った。そう心に決めたとたん、胸の動揺がおさまっていく。ブーサンから赤いちらつきが消えていた。

全身の力が抜け、彼の手からパイプが落ちそうになったとき、背後からパイプごと両手をつかまれた。そのまま突進するようにブーサンへむかって押し出されていく。抵抗しようとしても、圧倒的な筋力と重量の前ではあまりに非力だった。電気槍がなにも知らない友人を一直線に目指し、ぶれることなく首元に押し当てられた。

電気槍の刺さったブーサンの体がケージにもたれ、緊張する。背中が弓なりに隆起し、四本の足が突っ張って伸び切っている。悲鳴ひとつあげず、ぬいぐるみのように硬直している姿が不気味だった。

彼はあわてて電気槍を引こうとした。信介の腕力に制されて、びくともしなかった。

やがて電気槍が抜かれると、ブーサンの体から緊張がとけ、地面に横倒しになった。目をつむったまま、背中の付近が波打つように激しく痙攣《けいれん》している。

「……ブーサン」

進は歩み寄り、震える手をそっと脇腹に置いた。まだあたたかく、顔だけ見れば眠っているようだった。

「ほら、お前の手で楽にしてやれ。ここに動脈が走ってるから」

信介が彼にナイフをもたせ、痙攣しつづけるブーサンの首元あたりを指ししめす。

無言でブーサンの顔を見つめたまま、何度も首を横に振った。どうしてこのような状況になっているのかわからなかった。わかりたくもなかった。

「だらしねえやつだな」

信介は、人形のように脱力しきった彼の手を、ナイフが落ちないようにしてにぎると、迷いなくブーサンの首元に刃先を突き刺した。熟れたトマトを思わせるほど、ほとんど抵抗なくナイフがブーサンの首に入っていく。痙攣がやみ、ナイフが抜かれると、赤い鮮血があふれ出てきた。

進はその場にへたり込み、ブーサンの首から流れ出る血が地面に吸い込まれていくさまをながめた。ブーサンに対する謝罪と、自分のせいではないのだという弁解が頭の中でせめぎあっていた。

その場で虚脱して動けなくなっている彼を見切り、信介がブーサンをフクギの木につるし、手際よくナイフを入れて内臓を丸ごと引きずり出していく。

「ここが心臓で、これが胃袋」

信介が、血を吸った地面を見つめている進に解説するように腑分《ふわ》けしている。ケージ内に各臓器が次々と投げ込まれ、ブイブイたちが競うように食い漁《あさ》る音が、陽のかたむきはじめた飼育場にひびいていた。

シャワールームで汗と泥と血を洗い流すと、進は母屋脇の階段を下りて、敷地と地続きの海辺に出た。

奥行きも横幅も、比部間ビーチの半分にもみたない渚《なぎさ》に人影はない。

なかば原形をとどめた樹状や塊状の白い珊瑚が、くだけた貝殻とともにあたり一面をおおいつくし、踏みしめるたびビーチサンダル越しにそのかたい凹凸をつたえてくる。みちた潮に岩礁がしずみきり、しとやかな波音を立てながら海は夕陽に濡れていた。

進は、なるべく凹凸の少ないところをえらんで腰をおろし、にぎっていた一本の骨を見つめた。二十センチ前後の肋骨《ろっこつ》はゆるく湾曲し、ところどころ紅色の肉片がこびりついている。つい数時間前までこの骨が生命の一部をなしていたことにいささかも実感がわいてこない。

血が抜かれ、腸《はらわた》が取り除かれたブーサンは、彼の押す一輪車で飼育場から母屋の物置場へはこばれた。

金盥《かなだらい》に沸かした湯を柄杓《ひしゃく》でブーサンの死体にかけたのち、信介の怒声をいなしながら黒い毛をむしると、面白いほどあっさりと抜け、なめらかな白い地肌があらわになっていった。

あらかた毛が抜けてから、信介が使い込まれたナイフで頭部と四本の足を順に切り落とし、ついで鋸《のこぎり》を使って背骨にそうように半分に身を割った。

信介のナイフが休みなく動き、枝肉に解体されていくうち、眼前で仰向《あおむ》けに寝かされている肉体がブーサンだと思えない、奇妙な感覚が進の中で強まっていった。ブロック状の骨がつらなっている背骨はラーメン屋の寸胴《ずんどう》にういているそれだったし、肋骨から剝がされた肉塊にいたっては、もはやスーパーの精肉コーナーでガラスケースにならんでいるバラ肉そのものにしか映らない。ブーサンの肉体に直《じか》に触れながらブーサンの存在を感じられない、その淡白な心の動きが彼には辛く感じられていた。

やがて六十キロほど体重があったブーサンは、各部位ごとに処理された精肉、出汁《だし》をとる骨、耳を切り取られた頭部や屑肉《くずにく》に分けられた。母屋の冷蔵庫へ精肉と骨をはこんでいる途中、彼は、信介に気づかれないようそっと肋骨の一本をポケットの中にしまった。

寄せては返す夕波の音が誰もいない浜辺にひびいている。

湿った思いにひたりながら、進は肋骨の両端をつまんで漫然とまわしていた。授業中のうんだ気分を体現する誰かのペンのように、骨はゆるく回転し、白くつやめいた部分が正面からの夕照にさらされるたび、なめらかな光をはじき返している。骨をまわせばまわすほど、仄暗《ほのぐら》い胸底にわだかまった喪失感がまぎれる気がし、ブーサンを死なせてしまった罪もいくらか免れられるように思えた。

頭をなでると決まってまつ毛の長い目をふせる、微笑むようなブーサンの表情が脳裏にうかぶ。それもすぐに、舌を抜かれ、目を剝《む》いたままコンクリートの床に転がっている肉塊に塗り替えられてしまう。

これが生きるってことなんだ、と血と脂にまみれた手でナイフを引いていた信介も、ただ言われるままに信介に手を貸していた自分も、まとめて消し去りたかった。

いつの間にか、すっかり日がかたむいている。足元にひろがるおびただしい珊瑚ひとつひとつが長い影をのばし、地面をいっそう立体的にしている。

黄金にかがやく太陽が、水平線際に曖昧なスカイラインを引いている雲のむこうへ、ゆっくりと没していく。その姿が完全に見えなくなったかと思うと、雲の隙間から幾条もの光柱が放射状に天を差し、やがてその残光は、鮮やかな朱をまじえた橙色《だいだいいろ》に海と空を染めていった。

進はしだいに耐えがたくなり、骨をまわしていた手を止めた。束の間の躊躇のあと、振りかぶって放り投げる。骨はさほど遠くまではとどかず、細やかな模様を織り出している海の起伏に、音もなく消えた。

刻々と光の階調がうつろう海をどれくらいながめていただろう。かすかだが、声が聞こえた気がした。

耳を澄ませてみたものの、波音しか聞こえない。彼は、ブーサンが最後の挨拶をしてくれたのかもしれない、と頰をゆるめつつ、紫の残光をまとった鈍色《にびいろ》の海に視線をすえていた。

進の母親は、いわゆる「見える」人だった。当人によれば、物心ついたときから他人には見えないものが見えたり、感じられたりしていたという。精神は健常そのもので、言葉や文字に色が見えたり、音に味がしたりする共感覚とはまったくちがうと主張し、進に対しても取り立てて隠そうとはしなかった。

家族三人で外出したときなどは、この道はいまは通らない方がいいとか、あそこにいる人の肩に黒っぽい嫌な感じの気がまとわりついてるとか、唐突に口に出すことも珍しくない。進の父親も進自身も、霊的な感覚や経験をもたないため、母親のその種の発言を疑いなく受け止めることも、かといって邪険にあつかうこともできず、それらしい顔をして聞き流しているのが常だった。

もしブーサンの霊界からの声が聞こえているのだとしたら、自分にも母親と同じ特殊な感覚がそなわっているかもしれない。思いがけない発見に彼は落ち着かない気分になった。

「あははは」

ふたたびの声に、進は体をかたくした。箍《たが》がはずれたように素っ頓狂な甲高い声で、それでいて抑揚にとぼしい。仮に人間の言葉を話せたとしても、とてもブーサンが発した声とは思えなかった。

空耳の類ではなく、先ほどのあやふやな聞こえ方とも異なる。確実にこの場を取り巻く空気をつたい、彼の鼓膜をふるわせていた。

声の出処は至近で、後方からだった。

以前、シーカヤックツアーの客を招いた酒席で、信介が話していたことが思い起こされてくる。どこか勝ち誇ったような調子で霊媒師《ユタ》を自称する信介は、おごそかな顔で客の吉凶をうらなったあと、自分は現世をさまよう死者の姿が見えるのだと豪語していた。とりわけ戦没者については、この島のいたるところで日常的に目にするとさえ言っていた。

その話を彼が聞いたときは、外面のいい信介の、虚栄心をみたすためのでまかせぐらいにしか思っていなかった。

そうなのだろうか……と思った途端、背筋に悪寒が走った。

たしかめたくなかった。だからといって、このままやり過ごすことも、かえって恐怖がつのりそうでできそうにない。

進は、こわばった首筋を強引にねじるようにして振り返った。

ほんの数メートル先に、パイナップルに似た果実をつけた、アダンの低木が頭をたれている。何本もの曲がりくねった気根を浜におろしたその陰に、黒っぽいTシャツを着た少女がひとり座っていた。

見覚えがある。十番の小屋で寝泊まりしているナオミだとすぐに気づいた。

「びびった……」

拍子抜けした彼の腰に汗がつたう。

いつからナオミはそこにいたのか。自分がここに来たときにはたしかにいなかった。

ベージュのショートパンツ姿のナオミは、両膝をかかえるように腰をおろしていて、残光に染まった顔をじっと海の方にむけている。彼には一瞥もくれる様子はなく、焦点の不明瞭な瞳は、首を落とされてコンクリートの床に転がったブーサンのそれとかさなった。

この一週間あまり、ブーサンたちの世話やシーカヤックツアーの手伝いに追われていたせいで、ナオミを目にする機会はほとんどなかった。ごくたまに敷地内で見かけたとしても、ナオミの存在はラビットベース内で触れてはならないような雰囲気があり、極力かかわらないようにしていた。

「この時間の海……きれいだよね」

とってつけたように進が声をかけても、ナオミから反応はない。

どうしてナオミは自分を無視するのだろう。最初に小屋の前で会ったときから同じ態度だと思うと、脳に障害でもあるのか。それとも、なにか事情があって心に病をかかえているのか。

ナオミからややはなれたところに、一冊のノートが落ちているのが見える。

表紙は破れ、綴《と》じられた中の用紙が折れ曲がったり、ちぎれたりして風にめくれていた。破れた表紙のそれ自体はきれいで、中の用紙についても黄ばんだ様子もなく白い。風化や使い古されて傷んだというよりも、さほど時間をおかず誰かが故意に手を加えたような感じがする。

進は立ち上がってノートを拾った。ナオミがなにか言ってくる様子はなかった。

冒頭の何ページかをめくってみると、赤い線で絵が描かれている。花や人物の素描が目につく。いつもナオミが使っているものだろうと彼は思った。ナオミが自らの手でこのように無残な状態にしたのだろうか。それとも他の誰かの仕業なのだろうか。

「いらないの？」

相手の視界に入るようにノートを差し出すと、ナオミが不快そうに首を横に振った。反応があったことに気をよくしつつも、進は仕方なくノートを引っ込めた。

近くまで寄ってみて、胸元まであったナオミの髪が肩のあたりで切りそろえられていることに気づいた。

「髪、切ったんだ」

この島に美容室の類があるようには思えず、優子あたりが整髪したのかもしれない。

ナオミが海を見つめたまま、口を動かしてなにかつぶやいている。返事をしてくれているらしい。進は、嬉しくなって明るい声で聞き直した。

「……さんは……短い方がいいって」

さざなみの音にかき消され、はっきりと聞き取れない。誰が短い方を好んでいるのだろう、と彼は思った。

「信介さんのこと？」

深く考えずにたずねると、情緒をかいたその顔がたちまちこわばった。怒気をみなぎらせるように眉間に皺を寄せ、

「あ、は、ははは」

と、からくり人形さながら小さな口をあけて笑いだした。

進はたじろぎ、後ずさった。

本人の意思とは無関係に声を出しているのかと思うほど調子はずれで、海をのぞむ目には混乱した光がやどっている。

寡黙な少女に不釣り合いなかわいた笑声に息をのみつつ、しだいにそれが、小さな体の中で健気に息づく心の軋《きし》みとして聞こえてこないでもなかった。もしかしたらナオミも自分と同じように学校で嫌な思いをしてここに連れて来られたのかもしれない。わずかながら、同情めいた気持ちが胸にきざした。

笑声がひとしきり浜辺にひびき、なにごともなかったようにナオミが静かになった。

潮騒のあわいで進を呼ぶ遠い声がする。

声の方に顔をむけると、暖色の光が漏れる母屋のテラスに優子が立っていた。

「ご飯食べよ」

進は、返事をする代わりに手をあげた。優子の影が母屋の中へ入っていく。

気づけば暮れきり、あたりは紺色の影につつまれていた。

青い薄闇に侵食されはじめたナオミに目をもどすと、石のようにかたまって海をながめている。

「もどらないの？」

顔をうかがっても、なんら応答はない。

「先に行ってるね」

彼は手に持ったノートを背中にまわし、ハーフパンツの間に差し込みながら母屋へむかって足を踏み出した。

翌日、進は午後いっぱいブージたちの世話とブーサンの弔いをし、飼育場をあとにした。

一輪車を押しながら森を抜け、残飯用のバケツを母屋の裏口にもどして外の階段をのぼってきたところだった。

実質的に地上階となる母屋の二階から声がする。

換気をしたまま閉じ忘れたのか、上下にスライドさせる窓の下が少しだけひらいている。木製のブラインドが下ろされ、内部は見えないものの、声はそこから漏れているらしい。信介夫妻の寝室だった。

空調の室外機をよけて窓際にそっと近寄ると、夫妻の会話が聞こえてくる。

信介の声だけ小さく、心なしこもっていて聞き取りづらい。この時間は港にゲストをむかえに出掛けているはずだった。何度かそうしているのを進も目にしたように、室内にいる優子が電話のスピーカーモードで出先の信介と話しているのかもしれない。

「引き出しの中にあるって言ったじゃねえかよ」

なにかの段取りを打ち合わせているのか、切れ切れに信介の神経質そうな声が聞こえてくる。大事な客をむかえ入れるにあたって、気が立っているようだった。

「すみません……はい、はい……」

不機嫌な信介の前でいつも優子が見せる、端《はな》から屈服したようなおびえの表情が目にうかぶ。夫婦のあり方などわかりもしなかったが、それでも二人の関係は、いびつにゆがんでいるという思いを彼はあらためて強くした。

「――あいつに飲ませろ」

うなりを上げる室外機の音が邪魔をして、信介の声が聞き取りづらい。今夜の酒について話しているらしい。たくさん呑まされそうな予感がし、彼は気が重くなった。

間もなく会話が終わり、優子が窓の方へ近づいてくる気配がする。進は足音を立てないようその場をはなれた。

汗と汚れを落とし、小屋の裏手に干していた洗濯物を取り込んでから、進は夕餉《ゆうげ》の手伝いに母屋へおもむいた。

キッチンに立つ優子の指示にしたがい、テーブルにうずたかく積まれた島らっきょうの下処理にとりかかる。優子の横で手伝いのフミが中華包丁をにぎり、半解凍したブーサンのバラ肉や肩肉をしゃぶしゃぶ用にうすく切っていた。そちらに意識がそれないよう、彼はまばゆい西日に目を細めながら島らっきょうの薄皮を黙々とむいていった。

食事の支度を済ませた手伝いのフミが帰り、少しして、信介が客をつれて母屋にもどってきた。

信介のあとからリビングの階段を下りてくる客は、小柄で、百六十センチあまりの進の身長とそう変わらない。ポロシャツ姿に縁なしの眼鏡をかけ、白髪まじりのやや長い髪を中分けにしている。彼が中学一年のときの音楽の授業担当だった、衒《げん》学《がく》趣味の初老の男性教師と雰囲気が似ていた。

「下地《しもじ》さん、小屋の中に荷物入れときますんで、ジャグジー行っちゃってください。

飲み物、泡用意してありますけど、どうされます。ビールにしますか」

腰をかがめた信介が、ソファに身をしずめる下地の顔をうかがいながら、進がはじめて見るような愛想笑いをうかべている。優子も信介の背後に立ち、うやうやしく前に手を組んだまま緊張した目で微笑していた。二人とも、失態をおそれるような気配が濃厚だった。

シーカヤックツアーの客とは、あきらかに対応がちがう。二人がこれほどまでに丁重にあつかわなければならない、下地という男とはいったい何者なのか。よく日に焼けている肌を見る限り、沖縄本島あたりから来たのかもしれなかった。

「泡もらうよ」

高音の声で鷹揚《おうよう》に言うと、下地は立ち上がり、ジェットバスのあるテラスへむかった。

キッチンのワインセラーへシャンパンを取りに行く優子と入れ替わるように、信介が進のもとに歩み寄ってきた。

「お前もジャグジー入って、下地さんの話し相手やれ」

有無も言わさぬ語調だった。

進は、気圧《けお》されたようにうなずいた。まるで事態がのみこめないものの、ラビットベースに来て以来ずっと気になっていたジェットバスに入れると聞いて、自然と胸がはずむ。無数の気泡につつまれながら、視界いっぱいにひろがる海をながめたらさぞかし気持ちいいにちがいなかった。

「水着に着替えてきます」

自分の小屋へもどろうとして、とがめられた。

「なに言ってんだ、お前」

信介の表情に余裕のない色がきざしている。

「なんで風呂入んのに、着替えなきゃなんねえんだよ。プールじゃねえんだよ。服脱いでそのまま入れよ」

進は、テラスのウッドデッキにうがたれた円形のジェットバスに目をやった。大人が四人も入ればそれだけで身動きがとれなくなってしまうほどの広さしかない。遮るものはなにもなく、海からは無論のこと、リビングの窓からすっかり見えてしまう。

まごついている彼の耳元に、信介が顔をよせ、

「下地さん、待たせんなよ」

と、奥歯をくいしばるようにおさえた声で言った。

進は観念してテラスに出た。

手前のリクライニングチェアに下地の脱いだ衣服が置かれ、奥のジェットバスに目をやると、下地が気泡の湧いた湯の中に浸かっている。下地も裸らしい。

Tシャツとハーフパンツを脱ぎ、意を決して下着も下ろす。彼は股間を片手で隠しながら、ジェットバスの方へ近づいていった。

両肘をジェットバスの縁にもたせて暮れゆく海をながめていた下地が、こちらに気づいた。

「おお、進くんか。こっちへ来なさい」

人のよさそうな笑顔で手招いている。

股間をおさえたままジェットバスに片足を下ろそうとすると、

「男同士なんだから、恥ずかしがらなくていい」

と、下地が彼の臀部を手でささえた。

進は転ばないようバランスをとりながら、ゆっくりとジェットバスの中に腰をしずめた。内部に埋め込まれた照明によって水中は黄色く明るんでいるものの、とめどなく湧き上がる気泡が水面をおおい尽くしている。手を離しても、相手から性器が見えてしまうようなことはなさそうだった。

勢いよく噴出した気泡が背中と足裏にあたり、連日酷使した筋肉がほぐれるようで気持ちいい。水温は、熱くも冷たくもない温度にたもたれていて、いつまでも浸かっていられそうな感じがする。彼は隣に下地がいることも忘れて、くつろいだ心持ちになっていくのを自覚していた。

「失礼します。本日は遠いところわざわざありがとうございます。下地さんがいらしてくださるの、心待ちにしてました」

盆にのせられたシャンパンとナッツをデッキに置く優子の目からは、いぜんとして緊張の光が消えない。

「悪いな」

下地が、独り言のようにつぶやきながらグラスに手をのばし、進の方にむきなおった。後ろで所在をうしなっている優子が下地に深く頭を下げて、うつむきがちに母屋の中へ引き返していく。

「焼けてるな」

下地が身を起こし、感心したように進の鎖骨の付近をなでる。

上腕と首元をさかいに日焼けの跡がくっきり残り、Tシャツで隠れていた胸や腹部は白い。ハーフパンツや水着を穿《は》いていた下腹部や太腿も肌の色がちがっていて、彼はにわかに羞恥をおぼえた。

「だいぶ筋肉ついちゃってるじゃないか」

下地が、彼の上腕や胸の肉づきをたしかめるように何度もつかんでいる。

「カヤック漕いだり、信介さんの仕事手伝ったりしてるんで……」

「足もしっかりしてる」

進の足首をつかみながら、脹脛《ふくらはぎ》の筋肉をもんでいた下地の手が、膝上の方へのぼってくる。無数の泡の下で、曖昧に揺れ動く下地の日焼けした腕が彼の目に映っていた。

体をたしかめている時間が長いような気がする。運動関係の専門家か、整骨や整体の技術者かなにかで、職業的な習性で筋肉や骨格の状態を点検しているのかもしれないと彼は思った。

太腿の内側深くに指をはわせる下地の手の甲が、しきりに彼の陰囊《いんのう》に触れている。気色悪く感じられたものの、無下に払いのけるのも気が引け、さりげなく身をよじるようにしていなす。

「歳は？」

進が自分の年齢を答えると、彼の太腿をつかんでいた相手の手がはなれた。

「……十五か」

下地が、虚をつかれたように進の顔を見ている。

「もう大人だな」

その声に、落胆にも似た寂しげな響きがふくまれているように聞こえる。もう何十年も前のことになるにちがいない、自身の十代に思いをはせているのか。

「将来どうしたいとか、あんのか」

進は少し言いよどんでから、特には、と遠慮がちに答えた。

自分の将来について真剣に考えたことなど、一度もないかもしれない。小学校の卒業文集や学校の三者面談などで求められたときは、声の大きなクラスメイトの誰かが戯言《ざれごと》のように口にしていた夢や目標を、あたかも自分のそれのごとくつたえていた。その都度変わる、プロスポーツ選手も動画配信者も経営者も、医者も世界一周も幸せな家庭も、なにひとつ心惹《ひ》かれるものではなかった。

「やりたいことは？」

答えに窮し、進は力なく首をかしげた。

「いまを楽しんどけよ。この景色だって、お互いいつ見納めになるかわかんねえからな」

そうからかいまじりに言うと、下地はグラスをかざし、光芒《こうぼう》のおとろえつつある落日の海を感傷的な目で見つめていた。

夕食は、信介の獲《と》ってきたサザエの壺焼きや伊勢海老《いせえび》の刺し身、彼も皮むきを手伝った島らっきょうなどがテーブルをいろどり、主菜に豚しゃぶの鍋が供された。

食事がはじまっても、進は豚しゃぶには手をつけられないでいた。大皿に花のように盛られた豚バラがブーサンだと思うと、箸をのばす気になれない。

湯通しした豚肉が問答無用で彼の取り皿に置かれていく。観念して口にすると、噛《か》みしめるたび肉の旨《うま》みがあふれ、悲しいまでに美味しかった。

「こいつも豚つぶすの手伝ってくれまして」

酒で上機嫌になった信介が下地の顔をうかがいながら、めずらしく進の仕事ぶりを評価している。

「それはいいことだな」

下地は頬をゆるめ、さんぴん茶を口にした。さほど強くないのか、酒はジェットバスで呑んでいたシャンパン一杯のみで、そのあとはお茶で通していた。少食らしく、皿の料理に一通り手をつけ、あとは島らっきょうばかりかじっている。

「そういう経験しとかないと、最近の若いのは、三枚肉やハムの薄切りがそこらへん歩いているって言われても本気にしちゃうらしいからな」

そう言って信介と優子を笑わせると、下地は隣に座る彼の方に顔をむけ、

「いろんな犠牲が必要なんだ。世の中ってのは」

と、冗談めかしてしたり顔をつくった。

大皿の豚肉がなくなり、食事が一段落したのを待っていたかのように優子が口をひらく。

「進くんさ、下地さんたち大事なお話あるみたいだから、先に小屋で休んでよっか。後片付けは、私がやっとくし」

進はうなずきはしたものの、意外な感がしていた。いつもなら酒宴は夜更けまでつづき、最後までつきあわされるというのに、今夜にかぎってはまだ二十一時にもなっていない。酒も強要されるどころか、一滴も口にせずに済んでいた。

奇妙に思いながらも自分の小屋へもどり、ベッドの上に腹ばいになった。ノートのカレンダーに二十一個目の×《バツ》をつけると、もうほかにすることはなくなった。

疲労が深く感じられ、瞼を閉じる。少しも睡気がおとずれる気配がない。彼は寝返りを打ち、壁にかけられた時計を見つめた。

ちょうど短針が、九時の位置にある太陽のオブジェを指していた。ここに来てか

らというもの、常に全身が灼熱の太陽に照りつけられているような感じがする。体の内側に根を張っていたものがわずかずつ焼けただれ、やがては炭となってぼろぼろと崩れ落ちていくようだった。それが歓迎すべきことなのかどうか、彼にはわからなかった。

小屋のドアをノックする音がする。

この時間になんの用だろう。ドアをあけると、コップをもった優子が外に立っていた。

「お休み中のところごめんね。これ、虫下しの薬だから。いま飲んどいて」

彼が手渡されたのは一錠の錠剤だった。

「虫下し？」

「そう。さっき、豚のお肉食べたでしょ。じゅうぶん加熱したつもりだけど、念のため。食中毒は怖いから」

優子がまくし立てるように説明して、コップの水を差し出してくる。

進は戸惑いを隠しきれないまま、コップを受け取った。

豚肉を生で食すと寄生虫に感染しうるというのは、彼も知識として知っている。ブーサンの肉は一般に流通管理されたものではないため、そうしたリスクが高いということもあるのかもしれない。

優子の顔を見ると、下地を前にしたときと同じ緊張した色がにじんでいる。口角を引き上げた微笑もどことなく不自然に力が入っているように見えた。

まごついているうち、昼間に夫妻の部屋の前で立ち聞きした信介の言葉が頭内をよぎる。

——あいつに飲ませろ。

酒について言及したものだと思っていた。

進は錠剤を口に入れ、ついでコップの水を飲み下すと、それを見た優子が安堵したように母屋へ引き返していった。

彼は室内の隅にもうけられた洗面台に急行し、歯茎と上唇のあいだにひそませていた錠剤を吐き出した。陶器の白いボウルに貼りついた錠剤をつまみ上げ、間近で見ると、唾液で濡れただけでほとんど溶けていない。

ほんとうに虫下しの薬なのか。表面に薬品を識別するらしい〝E202〟という文字が刻印されているものの、それがなにを意味するのかわかるはずもなく、通信端末をあずけてしまっている彼には調べようがなかった。

切れ目にそって錠剤を割ってみると、外側が淡青にコーティングされているだけで、中身はかき氷のブルーハワイを思わせる原色じみた青色だった。

割れた錠剤を水に流し、念入りに口をゆすいだ。

釈然としないままふたたびベッドに横になり、まどろみながら短い夢をいくつか見た。そうしてどれくらい時間が流れただろう。明かりは落としていて、時計は見えないものの、感覚的には一時間も過ぎていないような気がする。

母屋の方からドアのひらくような音がした。

しだいに足音が大きくなってきたかと思うと、進の小屋の前で止まった。

「……寝てるよな?」

締め切ったカーテンに人型の影が動き、信介のひそめるような声が聞こえてくる。

進はきつく目をつむって耳に意識をあつめていた。心臓の鼓動が強まっていく。

「ちゃんと飲ませたんだろ?」

信介につづき、従順な優子の声も聞こえてくる。

「……飲むところ確認しました」

「じゃ、しっかり効いてるな。朝まで起きてこない」

暗闇のもと、進は二人のやりとりを耳にしながら動揺していた。あの錠剤は虫下しの薬などではなく、睡眠薬の類だったのかもしれない。なにが目的なのか。

二人の話し声が途絶え、進の小屋から遠ざかるように足音が小さくなっていった。ふたたびドアをひらく音がする。今度は母屋のそれではなかった。

進はベッドに横たわったまま、耳を澄ませた。

隣のナオミの小屋の方から、はっきりしない人声が断続的に聞こえる。低い物音がつづいたかと思うと、とがった女の叫喚が夜の空気をつんざいた。

「あ、は、ははは」

ナオミの奇声、いや、悲鳴だと思った。昨日の浜辺でむかいあった、ナオミの混乱した目がよみがえってくる。なにが起きているのだろう。

進は、異常な動悸を胸におぼえながらベッドから下りた。音を立てないよう窓辺に近づいていく。呼吸が窮屈に感じられ、額が汗に濡れていた。

カーテンの隙間から外をのぞいてみると、正面に見えるナオミの小屋内のドアがわずかにひらいている。信介たちがいるのかもしれない。小屋の光が外の通路にまで漏れていた。

ナオミの声が聞こえなくなり、物音も絶えた。なにも動きがない。虫の鳴きしきる音だけが、沈黙にふける夜の底にひびいている。

情緒が不安定になったナオミを介抱でもしているのだろうかと彼は思った。

しびれを切らし、ベッドへもどろうとしたとき、ナオミの小屋のドアが大きくひらいた。中から、信介と優子にうながされるようにナオミが出てくる。

進は、三人の姿を見て唖然《あぜん》とした。

真っ白なローブのようなものをまとい、フードをかぶっている。ローブの生地は紗《しゃ》のように薄く、電光にさらされた箇所の素肌が透けている。下着すらつけていないらしい。足元は素足だった。

どうしてこのような格好をしているのか、見当もつかなかった。

小さなその両手でうけるように、ナオミが胸の前で丸い物体を持っているのが見える。小さな実が寄り集まったようなその外観からすると、縦に長い形状をしたパイナップルではなく、アダンの実にちがいなかった。

食用には適さないと聞いている、アダンの実をどうするつもりなのだろうと考えて、それが、小屋の鍵や優子の車のルームミラーにくりつけられている松ぼっくりのオブジェに酷似していることに気がついた。

信介と優子に背中をささえられるように、ナオミが無言のまま彼の小屋の前を通り過ぎ、母屋へつづく通路を曲がっていく。間をおかず、母屋の方からドアの軋る音が聞こえた。

母屋でなにが行われるのかは、まったくわからない。ただ、ナオミがあの地下室に連れて行かれているのは間違いないことのように彼には思えた。

進は、疲労と渾然《こんぜん》となった睡気にあらがいながら、窓の外に視線をむけつづけた。夜が白みかけたころに、母屋から出てきた下地が自身の小屋に消えていったのが見えた。ナオミは、朝になってももどってこなかった。

四

シンクに積んだ食器を手に取り、付着した洗剤の泡を流水で落としていく。すっかり泡が落ちているのに、いつまでも平皿に流水を当てていることに気づき、あわてて次の食器に手をのばす。

進は、母屋の台所で朝食の後片付けをしながら、全身がある種の緊張状態に置かれているのを自覚していた。

夜通しナオミの帰りを見張っていた体は、激しく睡眠を欲しているにもかかわらず、頭の中は異様に冴《さ》えきっている。たえず周囲にむけられる彼の意識は、ふとした物音などにするどく反応し、そのたびに食器を洗う手が止まっていた。

背後のリビングでは、なにごともなかったように日常の空気が流れ、先ほどから優子が使いはじめた掃除機の甲高いモーター音がひびきわたっている。午前中のフエリーに乗船予定の下地は、信介とともにすでに港へむかっていて不在だった。

進は皿を洗いながら、前夜目にしたことをあらためて反芻《はんすう》した。

白いローブをまとった信介と優子、それにアダンの実をもったナオミが母屋の中にいたのは間違いない。下地もその場にいたことだろう。あんな深夜に、いったいなにをしていたのか。

想像力をたくましくしているうち、地下室の分娩台で優子が陵辱されていた光景がよみがえってくる。ナオミはどこにいるのだろう。小屋にもどっている様子はなく、地下室へつづくあの扉はかたく閉ざされ、ひっそりと静けさをたたえている。

いつもと異なるのは、今朝になってお香が焚《た》かれていることだった。沈香《じんこう》のチップが盛られた白い小皿が母屋の各所に置かれ、寺の法堂のようにしめやかな香りをただよわせている。しゃぶしゃぶで生じた臭い消しのためかもしれず、すぐに慣れて気にならなくなった。

「進くん、それ片付いたらシュノーケリング行こっか」

振り返ると、コードレス掃除機を手にした優子がほほえんでいた。彼と同様、ほとんど睡眠をとれていないらしい。血走った目の下に隈《くま》ができ、額にうっすら青筋がうかんでいる。

「シュノーケリングですか」

ラビットベースに来てからは修練という名目の雑用ばかりで、余暇らしい余暇をほとんど過ごしたことがない。意外な提案と彼は思った。

「島の北側に小さなビーチがあるんだけど、あんまり人も来ないし、自然が残ってて珊瑚がすごく綺麗なの」

未訪のビーチでシュノーケリングをして過ごすという誘いは、魅力的な響きだった。

「でも信介さんが……」

「信介には言ってあるから。今日はビーチでのんびりしよ」

優子のおだやかな声に安堵し、身支度を済ませると彼女の運転でビーチへむかった。

文字表示のみの小さな液晶画面を搭載したカーオーディオは、沖縄の主要ラジオ局の周波数にチューニングされている。男性の司会進行が、昨日入籍したという沖縄出身の女性俳優に対して、まるで身内のことのように誇らしげな調子で賛辞を送っていた。

頻繁にコマーシャルが差し込まれ、沖縄の方言で語られるのんびりしたナレーシヨンが車内をつつむ。島の鮮やかな緑が窓外を流れ去り、心のくつろぎをうながしてくる。

進はいぜん緊張していた。前夜のことを知っているにちがいない当事者のひとりが、すぐ隣でステアリングを操っている。なにがあったかたずねる勇気がもてず、もどかしかった。

「お腹の調子、どう。壊してない？」

優子がさらりとした調子でたずねてくる。

どこも異常はないと答えると、

「よかった。ちゃんと薬が効いたのかもしれないね」

と、いささか芝居がかったふうに晴れやかな声をひびかせている。

進は、さりげなく隣の運転席をうかがった。サングラスに隠れて、優子の目にどのような光がうかんでいるかはわからない。

昨夜、優子から手渡された錠剤は、本当に虫下しの薬だったのか、それとも睡眠薬だったのか。彼の中で疑心がいたずらに膨れ上がり、信介と同じくらい優子とも距離を置きたがっている、焦りにも近い心の動きを自覚していた。

通信会社のコマーシャルにつづいて、カーオーディオから三線の旋律が流れてくる。

「下千鳥《さぎちじゆやー》だ。この曲、好きなの」

優子があどけない声を出す。

「さぎち……？」

男性歌手の小節のきいた歌声が車内にひびきはじめた。

「さぎちじゅやー。ちじゅやーが浜辺を飛び立つ鳥の群れだったかな。慕情を歌った民謡らしいんだけど、いつまで経っても想《おも》いが叶《かな》わないような、もどかしい感じがして、なんだかね……染みるの」

優子がステアリングをにぎった親指でリズムをとりながら、島風のようにとらえどころのない哀切な歌声に聞き入っている。

進は、優子の叶わない想いとはどのようなものだろうと思いつつ、どうしてかそのつぶやきだけは信じられるような気がしていた。

モクマオウの林を抜けた先にひろがる、入り江のようなビーチは、監視員も売店も見当たらなかった。珊瑚の影が点在する遠浅の青々とした海に、数組の先客が浜辺でくつろいだり、シュノーケリングに興じたりしている。

「運がよければ、海亀に逢《あ》えるかもしれないからね」

紺のビキニの上に長袖シャツを着た優子が、浮き輪をふくらませながら陽気な声を出している。

進はゴーグルを身につけると、フィンを手にして優子とともに波打ち際に足をひたした。

水中は澄み切っていて、数十メートル先まで見通すことができる。細かく砕けた珊瑚の死骸が底を真っ白におおいつくし、青く澄みわたった水の層と相まって幻想的な光景をつくり出していた。

彼はゆっくりとフィンをしならせ、たゆたう水に全身をゆだねた。無意識に力が入っていた箇所がほぐれ、たえずざわついていた胸内が鎮まっていく。いまだけは、かたわらで泳ぐ優子も、またあとで顔を突き合わせなければならない信介も、ラビットベースのこともなにもかも忘れられる気がする。ずっとこうして水に身を沈めていたかった。

沖合へ移動するうち、やがて唐突に海底が深まった。切れ落ちた断崖の箇所にさまざまな珊瑚が群落をなしている。海藻やイソギンチャクのあわいで多彩な熱帯魚が乱舞しては、頭上から降りそそぐ日差しが、テーブル状の珊瑚の上でやわらかな光の波紋をひろげていた。

彼は、時間も忘れて海中の華やかな世界に没入し、後ろ髪引かれるような思いで浜にあがった。

「海亀見れなかったけど、綺麗だったね」

木陰にもどった優子が濡れたシャツの裾をまくって、しぼっている。

ふと目をやると、ビキニのショーツと直交するように、臍《へそ》からまっすぐ下へうっすら傷跡が走っていることに彼は気づいた。

傷跡は、事故などの怪我《けが》によってできた裂傷というより、意図的に鋭利な刃物を走らせたような感じだった。

彼のぶしつけな視線に気づいた優子が恥じらうように頬をゆるめ、

「……これね、前に帝王切開したときのものなの」

と、傷跡を中指でなぞっている。

「帝王切開っていうと……出産するときの――」

進はそこまで言って、すぐに自分の発言を悔やんだ。優子に子供がいる様子はなく、そういう話も聞かない。

言葉をうしなってまごついていると、優子が口をひらいた。

「がんばって生まれてきてくれたの。彼女は未熟児だったんだけど、そんなこと感じさせないくらい大きくなってね」

自分が思い違いをしていることに気づいたあとで、優子の子供が無事だったなら、いまどこでなにをしているのだろうと思った。親元をはなれてどこかで寄宿しているのか。前にハーブ園で話してくれた優子の幼馴染のようにいまはこの世にいないのだろうか。そのような悲しい結末が影響して、優子は自身の子供を「彼女」などと他人行儀に呼んでいるのか……進は、湧き上がる疑問を胸内にとどめたまま黙っていた。

「ちょうど彼女が十歳になったときにね――」

十歳という年齢を耳にし、進は反射的にナオミを思い浮かべていた。ナオミの年頃がそれに近いというだけで、信介とも優子とも外見的に似ているところはない。ただ、「彼女」という呼び方が、優子たちのナオミに対する淡白な接し方と、なんとなく通じるものがあるように彼には感じられた。

「それって、ナオミさん……じゃないですよね？」

なごやかな表情で傷跡をなでていた優子の表情がこわばった、ように見えた。事実を言い当てられたというより、隠していたものを暴かれたような狼狽の色が、その目に濃厚だった。

「ナオミはちがうよ。ナオミは十一歳だし、名古屋で見捨てられちゃった娘。私は自分の子供にそんなことしたりしないし」

早口で話すその声に、かすかに苛立ちの響きがにじんでいる。進が謝ろうとする前に、もとのおだやかな表情にもどった優子は清々とした調子でつづけた。

「彼女が……マナがね、十歳の誕生日のときにわかったの。私はぜんぜんそんなの気づかなかったんだけどね」

優子の娘は重い病か事故で帰らぬ人となったのだろうと思い、彼の胸が痛んだ。

「呪われてたんだ、マナ」

たくし上げたシャツの裾を端で結わう優子の目に、落ち着きのない光がかすかにうかび上がっている。

「……呪われてた？」

およそゲームや漫画の中でしか見聞きしたことのないような不吉な台詞《せりふ》に、進は体をかたくした。

「もとから生まれてきちゃいけない娘《こ》だったのよ」

優子が不気味な微笑を顔に貼りつけたまま、ふたたび腹の傷跡を指でなぞっている。

「そういう運命だから、仕方ないの。誰のせいでもないし、誰が悪いわけでもないんだから」

唇がわななき、自身を納得させるようにしだいに語気が激しさをましていく。

「呪われたまま生きることなんてできないんだし、そもそもそんなの許されないんだから、あのときちゃんと気づけてよかった。ほんとに」

優子が両肘をきつくだいて、海の方へ視線をそらした。

耐えがたくなったように激しく顔をゆがめたその目から、一筋の光るものがこぼれ落ちる様を進は無言で見つめていた。

進がブージたちのいる飼育場への立ち入りを禁じられたのは、優子とシュノーケリングに興じたその夜の夕食の席だった。

信介の説明によれば、ブージたちのいずれかに食欲減退の兆候が見られ、病気の可能性があるらしい。しばらくは治療と経過観察のため手伝いのフミが代わりに世話をするとし、飼育場には近づかないようにということだった。

前日に進が飼育場をおとずれたときは、特段ブージたちに異変は見られなかった。素人目にはわからないというだけで、不調の兆候はあきらかだったのかもしれない。

自分の世話の仕方に問題があったのではないかと責任を感じたものの、それについて信介が非難めいた文句を口にすることはなかった。

「大丈夫なんですか」

不安をつのらせた進がたずねると、

「大事にはならんだろ」

と、信介は心配するなとでも言うようにきっぱりとした口調で返答した。

食事を終えた彼が食器を片付けようとしたところ、スマートフォン片手に泡盛を呑んでいた信介に呼び止められた。

「それと、言い忘れた。十号室のナオミが今日退所したから、明日、下地さんが泊まってたところとあわせて小屋の掃除たのむな」

出し抜けに信介の口からナオミの名前が発せられ、彼の心臓が鳴った。優子とシユノーケリングをしている間に退所したのだろうが、それにしても突然のことだった。前夜の儀式となにか関係しているのか。彼の脳裏に、夕暮れの浜辺で言葉を交わした折のナオミの無感情な目が呼びさまされた。

優子の言葉を信じれば、ナオミは名古屋で見捨てられてしまったという。自宅であれ別の施設であれ、ふたたび見捨てられた場所にもどったのだろうか。退所をうらやましく思う一方、ナオミの今後を考えると重苦しい気分になった。

翌朝、進は朝食後に小屋の清掃に取り掛かった。

あずかった鍵で下地の滞在していた一番の小屋に入ると、一泊しただけとは思えないほど室内が散らかっている。

乱れたシーツはほとんどベッドから落ち、リネンのパジャマは湿ったタオルとともに床に脱ぎ散らかしたままだった。かたわらのサイドテーブルには飲みかけのコーラのペットボトル、錠剤の抜き取られたアルミ箔《はく》、食べさしのプリンとスプーンが放置され、洗面台を見れば、痰《たん》がからまったままペースト状の歯磨き粉が陶器のボールにこびりついている。

進はゴミを片付けると、寝具やタオルをランドリールームに運び、床に掃除機をかけていった。部屋の乱れは心の乱れと、日頃から信介が部屋の点検におとずれ、執拗にやり直しを命じる。そのせいで、シーツの皺ひとつ見逃さないまでに掃除をするようになっていた。

汗まみれになって一番の小屋の清掃を終わらせ、ついで十番の小屋に掃除道具を運んだ。

鍵を開けて中に入ると、下地のいた小屋とは対照的に、散らかっている様子はない。むしろ、誰も使っていなかったかのように整然としている。ナオミの心は乱れていると映っていただけに、あたかも清掃が済んだかのような室内に意外な印象をうけた。

内部を見て回ると、クローゼットはハンガーがかかっているのみで、ほかになにもない。洗面台の下にあった髪をたばねる螺旋状の透明なゴムをのぞけば、枕や床に落ちた数本の長い髪が、かろうじてナオミがここで暮らしていたことをしめしていた。

掃除機を小屋の中に運び入れ、端の方から埃や塵《ちり》を吸い取っていく。無心でホースの吸収口を床にこすりつけているうち、室内にひびきわたる掃除機のモーター音と共鳴するように、一昨日の晩、この小屋から聞こえたナオミの悲鳴がよみがえってくる。見たところ、ナオミが悲鳴をあげた理由や、ナオミと信介夫妻がまとっていた白装束につながるような痕跡はなにもない。

掃除機の電源を落とし、寝具のカバーを外しているときだった。

枕カバーから幾片かの白い紙切れがひらひらと舞い落ちてきた。拾い上げてみると、紙切れは細かくちぎられたもので、赤い字でなにか書いてある。多くは字が崩れたり途中で切れたりして判読できず、かろうじて〝ユメノツヅキ〟とか、〝ケナゲナココロ〟とかいった断章が読みとれる。

紙質やノートの罫線《けいせん》の感じから、前に浜辺で拾ったボロボロのノートの一部かもしれない。その紙片をゴミ袋に入れようとして思い直し、ポケットに突っ込んだ。

それから数日は、シーカヤックのツアーもなく、ラビットベース内の清掃に明け暮れた。

カヤックや用具の洗浄、庭やゲート周辺の水やりや雑草抜き、母屋や小屋の窓ガラスの水垢《みずあか》落とし……掃除するところは尽きないものの、ラビットベース内の単純な作業の連続に進はうんざりしていた。同じ作業でもブーサンたちの世話は少しも苦にならず、いまさらながら飼育場通いが心の平安に役立っていたことに気づかされる。

その夜、進は小屋のベッドに横になりながら、ボールペンで二十七個目となる×《バツ》をノートのカレンダーに記した。

ブーサンの死から一週間が経っていた。ブージたちともしばらく会っていない。信介は大したことないと言っていたが、病気の具合はどうなのだろう。変わらず健気に泥遊びをしているのか、それとも……。

一度気になってしまうと、とめどなく妄想がふくらみ、気づけば頭から拭いがたくなっていた。

――見に行ってみようか。

飼育場への立ち入りは禁じられていたが、はなれたところからほんの少し見るだけなら問題はない気がする。さっと行ってすぐもどってくればいいのだ、そう自分に言い聞かせると、にわかに心がうき立った。

進はベッドを下り、部屋の照明を消した。

母屋側の窓からは通路の黄色い電光が差し入っている。反対側の窓をのぞくと、月が出ているらしく、陰影を深めた樹々《きぎ》の葉がかすかに見てとれる。月明かりがあったとしても、それだけで森の中を行くのは心もとなかった。

進は、デイパックの中をまさぐり、ペンライトを取り出した。チャコールグレーのボディはアルミニウム合金で頑丈に造られていて、先端に仕込まれたLED光源は二百ルーメンの輝度におよぶ。

一時期、男子生徒の間でアウトドアや医療用のペンライトが流行ったことがあった。安いものでは千円しない値頃感、実用性、デザインや材質の多様さが思春期の所有欲を刺激したのかもしれない。皆、アクセサリー感覚で多彩なペンライトを鞄《かばん》にぶら下げては、女子生徒の気をひこうといたずらに光らせたり消したりしていた。

進も周囲の空気に流されてペンライトを買ってはみたものの、いざデイパックのファスナーにくくりつける段階になって、異性を強烈に意識した自分の下心が皆に知られることにひるみ、デイパックの底にしまいこんだままにしていた。

試しにペンライトの尾部にある電源を入れてみると、シャープな白光が室内の一角を明るませた。足元を照らすには十分な明るさだった。

時刻はすでに二十三時半をまわっている。なにか特別なことがない限り、信介と優子は就寝する時間だろう。

窓の外に異常がないことをたしかめてから、すべてのカーテンを隙間なく締め切った。

玄関のドアノブをにぎり、音を立てぬようそっとまわす。信介に見つかったらどのような仕打ちを受けることになるだろうという怯《おび》えと、信介を出し抜けるかもしれないという歓喜に似た興奮が、彼の中で交錯していた。

ドアの隙間から視線を走らせる。間接照明に浮かび上がる通路に、誰かがいる気配はない。

進は静かにドアを閉め、小屋の裏手にまわった。闇に目が慣れるのを待って壁づたいに歩き、一歩ずつたしかめるように森の中へ踏み入っていく。

飼育場につながる小道に立ち、母屋の方を見ると、夫妻の部屋の窓から暖色の光が漏れ出ている。ブラインドが下ろされ、中の様子はわからなかった。

信介が自分の小屋を見回りに来ている気がし、しきりに引き返したい衝動にかられる。彼はその誘惑を断ち切って、森の奥へ足をすすめた。

背後に見えた母屋からの電光がしだいにおとろえ、闇が深まってくる。頭上は樹々でふさがり、ほとんど月明かりはとどかない。濃紺のTシャツもベージュのハーフパンツも日に焼けた手足も影の中に沈み、染み出した闇との境目をうしないはじめていた。

振り返ってみると、樹々のあわいにちらついていた母屋の電光はもう見えない。彼はポケットからペンライトを取り出すと、足元を照らしながら森の奥へすすんでいった。

毎日のように歩いていたはずなのに、まるで別の道だった。

ふだんなにげなく目印にしている樹や根や道の形は、すべて闇に塗り込められ、断片的にペンライトで照らしても異なった印象に感じられていた。ふと道に迷っているような感覚におちいり、言いしれぬ不安におそわれる。どれだけ歩いても景色が変わらず、少しも前進した気がしない。

圧倒的な闇だった。

進が生まれ育ったベッドタウンは、日が暮れても、街灯や家々の明かり、通りの自動販売機やコンビニエンスストアのまばゆい電光があふれ、ヘッドライトを灯《とも》した車が行き交っているのが常だった。そこには街の明かりでうすめられた夜の暗がりだけがただよい、見ているだけで体ごと吸い込まれてしまいそうな漆黒のひろがりはない。

森中にひびきわたる虫の鳴き声が、誰かの話し声に聞こえてならなかった。背中や肩の筋肉が痛いほど緊張し、自然と急ぎ足になる。いつしか彼は底知れぬ恐怖に引きずり込まれていた。

恐れているのは、隣の島々にはなぜか生息していないという夜行性のハブなのか、戦没者の亡霊なのか、信介なのか。それらすべてであり、そのいずれでもなかった。本能が闇を拒絶していた。

恐怖が限界に達し、進はたまらず走り出した。

どこまでも闇が追いかけてくる。逃げれば逃げるほど際限なく恐怖がふくらんでいく。自分の乱れた息づかいが他人のそれとかさなり、激しく揺れるライトの光芒に人の顔が映った、気がする。頰や手足に枝葉が当たるたび、自分をとらえようとする誰かの手を錯覚させた。

絶叫が喉元まで出かかっていた。声を出してしまえば、恐怖に体の芯までむしばまれ、一歩も動けなくなるような予感がした。

何度も木の根を踏み違えてバランスを崩しながら、それでも喘《あえ》ぐように前後に手を振って走りつづけていると、やがて樹々のむこうに青白い帯が見えてきた。月光をあびた飼育場だった。

森を抜けた進は、くずおれるようにその場に腰を下ろし、後ろ手をついて呼吸をととのえた。

中天に月がかかっていた。ペンライトを消してみると、全円よりほんのわずかかけた十六夜の星が、冴え冴えとした白光をたたえている。かたわらにうすい千切れ雲が浮かび、靄のように明るく透けていた。

進は立ち上がり、フェンスのそばに寄ってふたたびペンライトを点灯した。端の方から飼育場を照らしてみるものの、黒い体毛が闇と同化しているせいもあるのか、光量が足らず奥の方はよくわからない。声をかけても、反応がなかった。

光に警戒しているかもしれず、彼はペンライトを消灯してから、もう一度、呼びかけた。

「……ブージ。ブイブイ、ブヨン」

暗闇からくぐもった低音が連続して聞こえたかと思うと、黒い影が動き、地面を突くような規則的な連続音が近づいてくる。

間もなく見覚えのある顔が蹄《ひづめ》で軽快に土を蹴りながら、尻尾を振って鼻を近づけてきた。進の表情から緊張が消え、目に喜色がひろがった。

「ブージ」

両手をのばし、右耳のかけた頭や頰をなでてやる。

短く密生した黒い体毛の適度な硬さ、弾力のある耳や鼻の感触、いくぶん自分よりも高い体温が掌につたわってくる。生前のブーサンとの交歓がよみがえり、感傷的な気分が胸をみたした。

「元気か?」

さっと観察したところ元気そのもので、どこか怪我をしていたり病気をしていたりする様子はない。痩せているどころか、むしろ前より肉付きがよくなっている印象すらうける。問題をかかえているのは、ブージではないのかもしれなかった。

「ブヨンたちは?」

ブージにそうたずねても、忙《せわ》しげに鼻を鳴らしているだけで、すでに好奇心の対象をほかに移して地面を嗅ぎまわっている。

「ブヨン、ブイブイ」

進は、彼らのねぐらがある小屋の方へ呼びかけた。

虚空に視線をすえ、耳を澄ます。虫の鳴き声しかしない。もう眠りについているのかもしれなかった。

諦めて、近くをうろついているブージに目をむけようとしたとき、彼の意識の中で引っかかるものがあった。

違和感の正体がわからず、あたりをゆっくりと見回す。

視界の隅、フェンス脇の豚便所の遺構のところで目が留まった。暗がりの中で、周囲にはない白っぽいものが見える。

近づいてみるとそれは、石組みの継ぎ目になかばはさまった布きれだった。ペンライトの光を当ててみる。あわい桃色に染められた薄手の生地で、周囲が黒く焦げている。

石組みの上には、なにかを激しく燃やした跡があり、よほど火勢が強かったのか、周囲の草葉も焼けてしまっている。遺構には以前から炭ですすけた箇所があったもののの、このようなごく最近火を使ったような焦げ跡はなかった。

よく見ると、燃え殻の中に鈍く光るものがある。

手にとり、ペンライトの明かりにかざした。煤《すす》にまみれているが、見慣れた形をしたそれは、やや小振りなファスナーの金具の一部だった。ファスナーらしきものはほかにもいくつかあり、ここで鞄や衣類が燃やされたのかもしれなかった。

低く鼻を鳴らす音がする。すぐそこに見えるブージが発したものではないらしい。ライトを消してフェンスへ近寄り、ブイブイとブヨンを呼んだ。

左手の方から、ゆったりとした足音が聞こえてくる。しだいに黒い影がはっきりしてきて、彼のそばまでやってきた。

「ブイブイ」

安堵の声を漏らしながら、いつものようにぬた場の泥がついたブイブイの頭をなでようとして、その手を止めた。

一週間前にブイブイを見たときよりあきらかに肥えていて、ひと回り近く大きくなっている気がする。病気で食欲が減退しているというなら、こうも体重が増えているのはおかしい。健康状態は良好で、そのうえでなお餌の量を増やしたのかと彼は思った。

先ほどから、ブイブイが口元を動かしながら鈍い音を立てている。なにか歯ごたえのあるものをかじっているらしい。

噛み疲れたのか、ブイブイが口からそれを吐き出した。

ペンライトでブイブイの足元を照らし、彼は眉をひそめた。地面に落ちたそれは細長い形状をしていて、ゆるく湾曲している。骨のようだった。

数日前、手伝いのフミが業務用の大きな圧力鍋でブーサンの骨を炊いて、豚骨ラーメンを作ってくれた。スープをとったあとのガラは、残飯のバケツではなく、進自身が袋に詰めてゴミステーションに廃棄したが、彼の知らないうちに一部をブイブイたちにあたえたのかもしれない。ブイブイたちにいだく愛着は変わらないものの、この悪食《あくじき》、共食いだけは嫌悪感をおぼえてしまう。

進は、ペンライトをブイブイの胴体にむけた。

ブージと同様に健康そうで、胴回りや臀部には以前より肉がついているような感じがする。餌を増やしたのは、体力をつけるための一時的な措置かもしれないと頭をめぐらせているうち、不意に自分が大きな誤解をしているような感覚に彼はとらわれた。

ペンライトの光を地面の骨にもどす。

端の方がブイブイによって砕かれた肋骨らしきそれは、全体に白っぽく、ところどころ褪せた朱色をしている。骨髄などではなく、血肉がこびりついているように見えた。

手伝いのフミが豚骨スープを作ったとき、頭蓋骨以外、すべてブーサンの骨は鍋に投じたはずだった。残ったガラにしても、白い骨はベージュに、鮮やかな朱の血肉は土色に変色していた。

この骨が仮にブーサンのものでないとしたら誰のものだろう。

もしかしたら、姿を見せないブヨンが回復の望めないような重い病におかされたために、見限った信介たちがひそかにつぶしたのかもしれない。信介なら、いかにもやりそうなことのように思える。

ブヨンまで飼育場からいなくなったのかと暗い気分にひたっていると、強烈な異臭がさっと鼻腔を刺激した。糞便のそれとも、ウジ虫の湧いた残飯の酸味の立った発酵臭ともちがう。思わず声が出そうになるほどの、もっと密度のある悪臭だった。

悪臭の源を探ろうと地面の肋骨からペンライトを転じると、いつの間にそこにいたのか、ほんの一、二メートルはなれたフェンスのむこうにブヨンが突っ立っていた。

進は、瞠目してブヨンを見つめた。

悪臭はまぎれもなくブヨンからただよってきている。どうしてブヨンからこのような目がしみるほどの悪臭がするのか。ブヨンが無事と判明したことで、ブイブイがかじっていた骨の出処もわからなくなった。

混沌《こんとん》とした頭のまま、ペンライトでブヨンの背中や後ろ足を順に照らしていった。肉付きが良くなっているだけで異常は見られない。

ペンライトの光を顔の方にもどした彼は、ブヨンの口になにかが引っかかっていることに気づいた。門歯のあたりから分厚いボロ布のようなものがぶら下がっている。緑がかった紫で、悪臭はそこから来ているようだった。

進は片腕で自分の鼻をふさぐと、息を止めながらボロ布に顔を近づけた。ボロ布の端でうごめいているものがある。

目をこらす。腐肉にむらがっているウジ虫だった。

思わず顔をそむけようとして、ブヨンの口の周りに、体毛と同じくらいの細さの黒い線状のものがまとわりついていることに気づく。

よく観察すれば、黒い筋は腐肉から何本も出ていた。ゆるく波打ちながら垂れ下がっている。

困惑した光を目にうかべた彼は、ペンライトの光で黒い筋をたどった。なかなか途切れず、地面近くまでおよんでいるのを見て、息をのんだ。

――髪？

進は、激しく脈打つ心臓の拍動を感じながら、豚便所の遺構に視線をのばし、無言のまま黒い筋を垂らした腐肉に目をもどした。

ここ何日かの出来事が走馬灯のように頭をかすめ、いくつかの疑点が跡形もなく氷解していく。

ひと月ほど前に目にした前庭の東屋の光景が呼び覚まされ、そこでノートにむかっていた、薄桃色のワンピース姿の人物が像をむすぶ。総毛だった全身の毛穴から汗が吹き出し、膝頭がわなないていた。


リビングのテレビからBGM代わりに在京のモーニングショーが流れ、スタジオのコメンテーターが人気コメディアンの不倫騒動について延々と非難してやまない。室内は心地よい空調の冷気につつまれ、ダイニングテーブルにはトーストやハーブティーの香りがほのかにただよっていた。

進のむかいでは、信介と優子がくつろいだ様子で食事をしながら、食料の補給について意見を交わしている。

見慣れた朝の風景にもかかわらず、彼は昨日と同じような目で二人を見ることができないでいた。トーストにピーナッツクリームを塗っていても、二人のなんでもない言動のいちいちが気になって仕方ない。

椅子にもたせた背中は汗ばみ、貼りついたTシャツがいとわしかった。バターナイフを持つ手に過剰な力が入っている。自然にふるまおうとすればするほど、単純な動作はますますぎこちないものとなり、焦ってそれを修正しようとすると余計に力んでしまう。

平常をよそおおうとする意志に反して、挙動が思うままにならず、この場にいることが彼には苦痛だった。

ピーナッツクリームがまだらに塗られたトーストをかじると、香ばしい小麦と甘いピーナッツの風味が口中にひろがっていく。咀嚼《そしゃく》しているうちに腐肉を噛んでいる気がし、すぐに吐き出したくなった。あわててハーブティーを口にふくみ、なにごともなかったように無理やりトーストを飲み込んだ。

テーブルのむこうをそれとなくうかがう。飼育場に忍び入った昨晩のことを二人に悟られてはならなかった。

ブヨンの口元に引っかかっていた腐肉を思い返すと、息が詰まって膝頭が震えそうになる。確証はなかった。それでも、怪しげな儀式や退所のタイミングといい、豚便所の遺構に燃え残ったワンピースや頭皮とおぼしき腐肉から垂れていた髪の長さといい、あれはナオミの遺体の一部としか思えなかった。なんらかの理由でナオミは信介たちに殺され、飼育場でブージたちの餌にされてしまったのか。

たしかに飼育場から小屋へ引き返したはずだが、その間の記憶が一切ない。気づけば、電灯を落とした小屋のベッドに汗みどろで腰掛けていた。

混乱した頭で彼が考えていたのは、どうにかしてここから逃げ出すという一点だった。

暗い海を岬の岩礁づたいに行くのは無理そうでも、ラビットベースの敷地にめぐらしてある有刺鉄線のついたフェンスなら乗り越えられそうに思えた。それが駄目なら、警報装置が作動するのを覚悟で入り口のゲートをよじのぼってしまえばいい。それからどうしたらいいだろう。スマートフォンも金もなかった。ひとまず、道づたいに比部間集落まで行き、そこで誰かに助けを求める。ラビットベースの規約で関係者以外との接触が禁止されているのと同じように、集落ではラビットベース関係者は厄介者扱いされている。深夜にいきなり押しかけて、相手にしてくれるだろうか。ツアーで比部間ビーチをおとずれたときも、集落の人と信介がいがみあったり、自分もあからさまに嫌な顔をされたりしたことがあった。断られ、運悪くあとを追ってきた信介に見つかりでもしたらどうなるか。いっそのこと、港まで歩いてみた方がいいかもしれない。そこで明るくなるまで身をひそめ、フェリーに乗る。と思ったが、乗船券を買う金がない。係の人に事情を説明していったん代金を立て替えてもらえれば……考えつくかぎりの逃走経路を検討し、もっとも確実なものを選び出しても、リスクと不安が先行してなかなか踏み切れない。

堂々めぐりを繰り返すうち、頭が熱をもって真っ白になり、なにを考えているかわからなくなった……。

——機窓の下に白くかがやく雲海がひろがっている。上空はため息をつくほど澄みわたり、無限の奥行きをはらんでスカイブルーに染まっていた。シートから身を乗り出し、食い入るように機窓をながめていると、そろそろ羽田空港に着陸するからシートベルトをした方がいい、と声をかけられた。見れば、誰もいなかった隣席に同学年のマミがサクソフォンを首から下げて座っている。嬉しくなり、ラビットベースから脱走してきた経緯を話して聞かせた。すごいね、とマミが感心し、ねぎらうように明るくほほえんでくれる。この上なく気分がよかった。話せば話すほどに、多幸感が全身にみなぎってくる。もっと話したかった。ずっとマミと一緒にいようと思った——目が覚めると、彼は小屋のベッドで横になっていた。

状況を把握するのに時間がかかった。脱走方法を検討しているうち、疲れ果てて眠ってしまったらしい。脱走に成功したという夢の感覚がぼんやり残っているだけに、彼の落胆は大きかった。

時計を見れば、朝食の時刻がせまっていたがまだ多少の余裕はあった。すぐに小屋を出て敷地のフェンスを乗り越えれば逃げおおせるかもしれない。そう自分自身に繰り返し言い聞かせたものの、自分という人間が結局は実行に移せず、時間通り母屋へ朝食を摂《と》りに行ってしまうことを彼は知っていた。

開口部の窓にどんよりとした曇り空がひろがり、そこからもたらされているはずの弱々しい朝陽が天井の電光に塗り込められている。テレビは相変わらずモーニングショーのスタジオを映し、値段の張りそうな衣装をまとったコメンテーターが、母子家庭の貧困問題に同情を寄せていた。

「進」

ふいに呼ばれ、顔をあげると、ついいままで優子と話していたはずの信介がこちらを見ていた。

気づかれたのか。

マグカップを持つ信介の太い腕に目がいった。ブーサンの骨を断つ鋸の低い音が耳の奥で反響し、髪の毛のからまった頭皮の腐臭が鼻先をかすめていく。

息苦しかった。自分の顔面が紅潮しているのがわかり、一度は引きかけた汗がふたたび体を濡らしはじめる。

「……はい」

かろうじて声が出た。

あれこれ検討などせず、夜のうちにとっとと逃げ出しておくべきだったという後悔が、彼の胸をみたしていた。

おもむろに信介が立ち上がる。

「今日は洗車な。前にやり方教えたろ。樹液がガラスだけじゃなくてボディにもびっしりついてるから、ちゃんと落としとけ」

ふだんと変わらぬ修練の指示だった。命拾いした思いがし、全身の緊張がほどけていく。スマートフォンを手にソファに寝そべる信介を視界の隅にとどめたまま、彼はすっかり冷めたハーブティーを乾ききった口にふくんでいた。

食後、進は洗濯や部屋の清掃を済ませたのち、車用の掃除用具一式がおさめられたカゴを提げて駐車場へむかった。

晴れの日は鮮やかな青竹色に映える芝生が、今日はくすんで見える。仰げば、アイスグレーの雲が密度に変化をもたせながら空をふさいでいた。テレビの予報によると午後も曇りで、しばらくぐずついた天気がつづくらしい。

この世の終わりを暗示するような空模様に見えた。どうしてこんなところに来てしまったのだろう。このプログラムをすすめた母親がいまさらながら恨めしかった。ただその苛立ちも、自分のために手を焼いてくれた母親の顔を思うと、たちまち行き場をうしなってうやむやになっていった。

駐車場には、黒い外国製のSUV車と、ツアーでふだん使うアイボリーのクロスカントリー車が停まっていた。

どちらから先にはじめようかと思っていたところ、後ろから信介があらわれ、クロスカントリー車を指差しながら、

「そっちそっち。今日はランクルだけやればいい」

と、自らはSUV車のドアを開けて運転席に乗り込んでいる。

彼は信介に恐怖心をおぼえつつも、その身なりに目を留めた。誰かと会うのか。いつものTシャツとハーフパンツといった、くだけた格好ではなく、衿《えり》のついたサックスブルーの長袖シャツに白い麻のパンツをあわせ、足元はビーチサンダルでな

く革のローファーを履いている。

エンジンの始動音がし、運転席のウインドウがおもむろにひらいた。

「それ終わったら、優子のハーブ園の手伝いな」

彼の疑問をよそに、信介は車を発進させ、ゲートの方に消えた。

進は、水道の蛇口につないだホースをのばすと、水をかけた車体に泡立てたスポンジをこすりつけていった。

びっしりと胡麻《ごま》をまいたような樹液をこすり落としながらも、駐車場のすぐむこうにあるゲートが気になってしまう。スポンジを投げ捨て、ゲートへ駆け出したい衝動に幾度も駆られる。そのたび、ゲートを上りきった先でいつもどってくるかわからない黒いSUVと鉢合わせするイメージが頭の中をよぎり、彼を踏みとどまらせていた。

「進さん、おはようございます」

振りむくと、出勤してきた手伝いのフミが駐車場の手前で立っている。

「朝からご苦労様ですね」

小柄な体をたたむように、うやうやしく低頭するフミに挨拶を返しつつも、彼の胸中は落ち着かなかった。

この一週間、フミは毎日飼育場へ足をはこんでいる。燃えたナオミのワンピースや、ブージたちにあたえられている骨や髪の毛まじりの腐肉のことを、知らないはずがない。すべてを知ったうえで、信介らのおぞましい悪事に加担し、このようになに食わぬ顔をしていると思うと言いようのない恐怖をおぼえた。

「それでは失礼します」

とってつけたような気味の悪い笑みを顔にたたえながら、フミが立ち去ろうとする。

「すみません」

とっさに彼は呼びかけていた。

フミが足を止める。

「あの……豚の、病気の具合はどうですか」

言葉にしてから、彼は自分がひどく危険なことをしていることに気づき、うろたえた。

やや間があったあと、

「だいぶ良くなってきましたよ。豚ちゃんたちがちゃんと治ったら、進さんもまた一緒にいきましょうね」

と、フミは最後まで笑顔をくずすことなく、一礼して母屋の方へ歩いて行った。

洗車を終えて母屋にもどると、めずらしく優子がリビングのソファに横になっていた。なにをするでもなく、物憂《ものう》げな表情で窓外の海をながめている。

階段を下りてきた彼に気づく。

「テーブルにタコライス作ってあるから、お昼はそれ食べといて」

覇気のない声だった。

「……大丈夫ですか」

熱でもあるのか。朝食のときは自分ひとり取り乱していただけで、優子に変わった様子は見られなかった。

「ありがとう、大丈夫」

気丈にふるまう相手にかけるふさわしい言葉が見当たらず、その場でまごついていると、優子が言葉をついだ。

「進くん、夜ご飯なにか食べたいものある？　二人だけだから進くんの好きなものにしよ」

「二人？」

どういうことか理解できなかった。

「信介、今夜はいないから」

意外な答えが返ってきてから落ち着きをうしなった。ラビットベースに入所してからというもの、信介が外泊したことなど一度もない。どこに行ったのだろう。

彼の疑問を察したかのように、優子はいくぶん投げやりな調子で、

「隣の島にいるお友達のところに泊まるんだって」

と、お友達を強調して言った。

信介が身綺麗にして出掛けていったことを思い返すと、お友達というのは言葉通りの意味ではないのかもしれない。

「だから今日は進くんもゆっくりしよう」

優子が気持ちを切り替えるように明るい声を出す。ハーブ園の作業もしなくて構わないという。

「いいんですか」

半信半疑だった。ふいに自由な時間がめぐってきて体が熱くなる。進は、海の方へ顔をもどしている優子に思い切ってたずねた。

「あの……午後なんですけど、比部間ビーチで少し泳いできてもいいですか」

視線がぶつかる。心の内を見透かされている気がし、目をそらしたくなった。

優子の目が光った、ように見えた。

「いいよ。波高くなってるかもしれないから、気をつけてね」

ゲートの歩行者用門扉をくぐると、かすかに恐怖心がよみがえってきた。

進は歩き出しかけて、足を止めた。かたわらに立ちはだかる、鉄格子の白いプレートに目がいく。そこに記された〝立入禁止〟の言葉が、いつもとはちがう印象として胸に食い入ってきた。

頭上の監視カメラに背をむけ、比部間集落へつづくアスファルトの一本道に出た。自然と心がはやる。時折、無性に走り出したくなるのをこらえ、早足で歩いていった。

集落の入り口に差し掛かり、コンクリート造りの民家が見えてくる。

昨晩検討した際のイメージがいまだに強く残っていて、適当な民家に助けを求めても無下に拒否されるような気がする。そもそも話自体を信じてくれないかもしれない。下手に騒ぎになれば、ラビットベースから優子が追ってくるように思えた。

とにかくこの集落を抜け出し、港を目指すべきだった。

進は、比部間ビーチの駐車場におもむくと、バス停の前に立った。

案内板を見れば、港へむかう次のバスの発車時刻は十三時四十五分と記されている。港までの所要時間は三十分程度で、船の発着時間に合わせて到着するようだった。

母屋を出た時刻からここまで歩いてきた時間を考慮すると、バスの出発まであと三十分もないだろうか。

それを逃すと、その次のバスは最終の十七時十五分だった。いつもは十七時過ぎには夕食の手伝いをしている。そこまで帰りが遅くなると優子が不審に思うにちがいなく、仕事を終えた手伝いのフミとも遭遇しかねない。乗るなら十三時四十五分のバスしかないと彼は思った。

中学生以上の大人料金は、前払いで四百円と記載されている。四百円どころか、一円も手元にない。あるのは、手に提げたプラスチックバッグとその中のシュノーケリング用具だけだった。小屋を出る前にせめてデイパックや着替えぐらいは持っていこうかと迷ったものの、優子の目に触れてしまったときのことを考え、断念した。

あたりを見回しても、観光客らしき人がなかなか見当たらない。ビーチに出てみると、天気のせいか、人影はまばらだった。

砂浜で座ってくつろいでいる三組に順に近寄り、金を貸してほしい、とたのんでみたものの、一組は財布を宿に置いてきてしまっていると言い、あとの二組はいぶかしげな表情をうかべるだけでまったく相手にされなかった。

海にも数組いたが、いっこうに浜へもどってくる様子がない。

進はバッグを置いて立ち尽くし、なすすべもなく海を見つめた。

バスの出発時刻がせまっていた。早く誰かから金を借りなければと思うほど、焦燥感がつのってくる。じっとしていられずその場を右往左往しても、紺色を押しひろげた海から無邪気なはしゃぎ声が聞こえてくるだけだった。

このままバスに乗れないかもしれないという不安が、彼の胸をひたしはじめていた。徒歩で港まで行こうか。車で三十分以上、それも高低差のある山道をすすむと考えると、どれだけの時間がかかるだろう。最終便の船に間に合うかすら怪しく、道中で、捜しにやって来た優子に見つかってしまう危険すらあった。

いっそのこと逃亡をあきらめ、なにも知らないふりをして退所の期限が来るのをおとなしく待ったらどうだろう。自分もナオミと同じようになるかもしれないとおびえながら、信介たちとの生活に耐えられるだろうか。想像するだけでどうにかなってしまいそうだった。

途方に暮れていると、視界の端で動くものがあった。

ここからそうはなれていない監視台で、黄色のTシャツを着た人が梯子《はしご》をのぼっている。初日にここをおとずれた際に話しかけてきてくれた女性の監視員だった。彼がラビットベースの滞在者だとわかると急によそよそしくなり、以来、ビーチで会っても目すら合わせてくれない。

進は意を決し、監視台にむかって走った。自分が避けられていることはわかっていた。一度は言葉を交わしたという事実が、ひるみそうになる心を鼓舞していた。砂に足をとられ、思うようにすすまない。しだいに足が重くなってくる。それでも膝を突き上げ、砂を蹴りつづけた。

海に視線をのばしていた監視員が、駆け寄ってくる進に気づく。彼と同じくらい日焼けした顔に驚きの色がうかんでいた。

「あの……お金貸してくれませんか」

監視員がこちらを見下ろしたまま、

「お金?」

と、いぶかしんでいる。

「お願いします。あとで必ず返します」

沈痛な面持ちで訴えた。

「……でも、いまは手持ちぜんぜんないから」

監視員の声に、うとましそうな響きがふくまれている。先ほども似たような理由で断られたばかりだった。

「五百円とかでいいんですけど」

バスの出発時間がせまっている。ここで断られてしまえば、おそらくバスには乗れないはずだった。

監視員が思案するように海の方へ顔をむけたかと思うと、

「それぐらいなら……」

と、監視台に引っ掛けていた半透明の青いトートバッグをまさぐり、五百円硬貨を手渡してくれた。

相手の善意が胸に沁《し》み入ってくる。厚く礼を述べて立ち去ろうとすると、呼び止められた。

「……大丈夫？」

監視員の目に、なおも不審の光がちらついている。

単純に金額が足りるか確認しているのか。ラビットベースに滞在する自分の身を案じてくれているのか。この監視員ならなんとなく自分の味方についてくれそうな気がし、すべてを打ち明けたい衝動に駆られる。

切り出そうと唇をひらき、寸前で踏みとどまった。監視員に脱走の企てを気づかれたのかもしれず、実行途中になんらかの形で信介や優子に露見してしまうことを彼はおそれた。

「これだけあれば大丈夫です。ちょっと、そこの売店に行こうと思ったら、どっかでお金落としちゃっただけなんで」

進は強引に会話を切り上げ、何度も頭を下げてビーチをあとにした。

急いで駐車場にもどると、すでにバスが到着していた。出発しようとしているのか、尾灯のウインカーが点滅している。

おもむろにバスが動き出す。

「待って」

進は手をあげ、あとを追った。このバスを逃したら、一切の望みがたたれてしまうと思った。

履いているビーチサンダルがしきりに脱げそうになる。踏み込むたびソールが反り返り、地面を蹴るたび踵をたたく乾いた音が鳴っていた。

このまま走り去ってしまうかに見えたバスが速度をゆるめ、数十メートル先で停止する。むかえ入れるかのようにドアの開く音がし、息を切らして走る彼の顔が自然とほころんだ。

「ありがとうございます」

前方のステップをのぼって運賃を支払うと、空調の冷気が汗ばんだ体をつつみこんだ。通路の左右に二列シートがつらなる車内は、多くの席が乗客で埋まっている。どこに座ろうか席を探している彼に、男性の運転手が、

「もうそこでいいですから」

と、誰もいない最前列の優先席に座れとうながした。

バスが苦しげなエンジン音を立てて坂道をのぼっていく。

山際に灰色の空がしなだれ、斜面をおおいつくす緑が彩度をうしなっている。しきりに乗客たちの陽気な話し声が車内にひびいていた。

進は、窓の外を見つめながら、無事にバスに乗れた安堵の感情が急速に冷えていくのを自覚していた。

このまま港にたどり着いても、問題はそこからだった。沖縄本島にむかうフェリーの乗船券は二千円近くする。手元にはバスの運賃を支払って残った百円しかなか

った。バスが港に到着してからフェリーの出発時刻まで時間に余裕はなく、先ほどのビーチの苦労を考えると、できればいまのうちに誰かから金を借りておきたい。

体をひねり、シート越しにそっと真後ろの席をのぞく。小学校低学年ほどの女児二人が疑い深そうにこちらをじっと見ていた。さすがに子供にたのむわけにはいかず、女児二人と通路をはさんで隣の席に目をむけると、大学生くらいの男女がもたれあうように寝ている。

後方にいる乗客にお願いするよりなさそうだった。

彼が席を立つと、すぐに、

「走行中に歩かないでください」

と、車内のスピーカーから運転手の鋭い声が飛んできた。シートの陰から次々と乗客が首をのばし、非難と好奇の目が彼にむけられる。

進は自席へ引き返し、シートに深く身を沈めながらじれた思いをもてあましていた。

バスが目的地に到着すると、彼は港の待合所へむかう人々に声をかけていった。

車内で運転手から注意をうけたことが、よほど心証を悪くしているのかもしれない。ほとんどの人がうるさそうに手を振ったり、それとなく無視したりと、まともに取り合ってくれない。ようやく立ち止まってくれても、フェリー代を貸してほしいとたのんだ途端、要領を得ない笑みをうかべながら彼のもとを去ってしまった。

岸壁を見れば、出港を待つフェリーがすでに停泊していて、車やコンテナの積み下ろしとともに、乗船がはじまっている。

券売場の窓口をおとずれ、あとで代金を精算することができないかたずねてみたものの、そういうことは規則でできないのだと、申し訳なさそうに中年女性の係員に断られてしまった。

はやる気持ちをおさえて、待合所周辺をうろつく。

閑散としていた。来島した人は次々と車やバスに乗り込み、離島しようとする人はフェリーの方へ移動している。

もう時間がなかった。切羽詰まり、乗船口のタラップに視線をのばす。

どさくさにまぎれて船内に乗り込めないか。人の姿はすでにまばらなうえ、複数の係員が律儀に乗船者のチケットを確認している。そのような泥棒じみた真似は無理そうだった。

進の憔悴《しょうすい》した目に、先ほどからしきりに映る三十がらみの男女がいた。

二人は来島したばかりで、誰かの迎えを待っているらしい。行き違いがあったのか、ハイブランドのボストンバッグを手に提げて、落ち着かない様子で待合所を出たり入ったりしている。

まだ二人に声をかけていなかった。男の姿を見て、真っ先に声をかける対象からはずしていた。

進は、待合所の一角に展示された島の立体模型地図を見るふりをして、出入り口に立つ男をさりげなくうかがった。

長身のその男は、派手な格好をした連れの女をかたわらに待たせて、よく通る低声で誰かと電話している。言葉遣いは折り目正しく、にもかかわらず凄《すご》みをふくんだ響きがある。そのことが男の容姿にいっそう迫力をもたせていた。

濃いサングラスをかけ、白のTシャツとチャコールグレーのショートパンツをまとった男は、驚いたことに、露出している脚、腕、首、そして顔面にいたるまで刺青が彫り込まれている。ここまで刺青をしている生身の人間を進は目にしたことがなく、まっとうな人とは思えなかった。

進は気後れしつつ、女に近づいていった。

「……すみません」

振り返った女はにこりともしない。用件をたずねるように、無言のまま茶色くととのえられた眉を引き上げるのを見て、彼の胸に後悔がひろがった。

「なんか用?」

そう言ったのは、電話を終えたばかりの男だった。おもむろにサングラスを外し、頭にかける。眼光するどい目がこちらをとらえていた。

「あの……フェリーに乗りたいんですけど」

声が震える。すぐにでも逃げ出したかった。

「ちょうどいまお金がなくて。必ずお返ししますので……あの、貸してもらえませんか」

男が無言で女の方と顔を見合わせている。

「三千円で足りる?」

なごやかな声だった。思いもしない返事に戸惑い、その意味が理解できた途端、熱いものが胸にこみあげてくる。

「じゅうぶんです」

かろうじてそれだけ言えた。

男が財布を取り出し、千円札を三枚抜いて手渡してくれる。

「困ったときはお互いさま。俺もそうやって何回も助けられてきたから」

さらりと言う男の態度に、恩着せがましいところはいささかも感じられない。隣の女が同調するように男の腕に手をからめている。

「金は返さなくていいから、もし困っている人がいたら、そのときはできる範囲で助けてあげてよ」

男の親切に、涙がこぼれそうになる。偏見をいだいた自分が恥ずかしく、ただ頭を下げることしかできなかった。

券売場で乗船券を買うと、進はフェリーにむかって走った。心なしか足が軽く感じられた。タラップに立つ係員が彼の姿を認め、急げと手招いている。

乗船券を示してタラップを駆け上がると、間もなく岸壁のビットに繋《つな》ぎ止められていた太いロープがほどかれた。

進は甲板の手すりにつかまったまま、岸壁で休みなく作業をつづける係員たちの様子をながめていた。

彼の隣で、二十歳前後の女性が思いつめたように岸壁の一点を凝視し、手元のスマートフォンを操作しては嬉しそうにほほえんでいる。女性の視線をたどると、つなぎの作業服を着た男性が岸壁の隅に立っていて、スマートフォンをいじっては無言で女性を見つめていた。

互いにはなれたところで暮らす恋人同士なのかもしれない。大声を出せば聞こえるほどの距離で、なにかに追い立てられるように何度もメッセージを交わす。

恋人たちの姿を見ているうち、最初からスマートフォンを借りて警察なり親なりに助けを求めていたら、これほど苦労することはなかったかもしれないと彼は思った。島には駐在所があり、そこに駆け込むことだってできた。それでも、フェリーに乗ってよかったと実感していた。この島で助けを待つぐらいなら、一刻も早くはなれたかった。

フェリーが動き出し、岸壁が遠ざかっていく。

恋人たちがスマートフォンを操作する頻度がます。もどかしそうにスマートフォンの画面をなぞる様子がどこか遠い世界のようだった。

岸壁で見送る人々の中に、信介も優子の姿もない。ふいに疲労が意識され、その場にくずおれそうになる。もうなにも思い出したくも、考えたくもなかった。本島の港に着いたら警察に助けを求める。それだけしか考えられず、それだけでいまはじゅうぶんだった。

フェリーがゆっくりと防波堤を通り抜けていく。

かすかな潮風が甲板をわたり、手すりにもたせた彼の火照った腕をなでる。いつしか晴れ間がのぞき、航跡を引いた海面が青くかがやいていた。

茫漠《ぼうばく》とした滄海《そうかい》の先に陸地が見えてきた。

薄いプレートを敷いたように映るそれはしだいに姿を大きくし、びっしりと埋め尽くされた建造物の形がはっきりしてくる。

喜久島を出港後、乗船口脇の甲板から一歩も動かずにいた進は、こわばっていた肩の力が抜けていくのがわかった。胸奥《きょうおう》に溜まっていた息が鼻孔から漏れ出てくる。乗船中は、信介や優子、その関係者が同乗しているような気がしてならず、祈るような思いで息をひそめていた。

船が防波堤の間を通過していく。

埠頭《ふとう》の岸壁にガントリークレーンがつらなり、そのうちの二基が大型の貨物船にコンテナを積み込んでいる。小さな船がひしめき合うようにもやわれた漁港が舳先の方に見え、頭上に目をやれば、高々と港をまたぐ巨大な鉄橋が、山吹色の夕照《せきしょう》をあびながら優美なアーチをえがいていた。

進は日に焼けた腕を手すりにもたせたまま、じっと進行方向を見つめていた。

およそ一ヶ月ぶりの本島の港だった。母親に言われるまま、のんきに波止場で乗船を待っていたひと月前の自分の姿が目にうかぶ。華奢《きゃしゃ》な体は自堕落な生活で鈍《なま》りきり、不健康に肌が白い。過剰な自意識の中に閉じこもって誰も信用しようとしないくせに、自らの意志をほとんどすべて放棄して喜久島へわたろうとしている。殴り飛ばしてでも、乗船を引き止めたかった。

深い安堵が身をひたし、喉の渇きが意識される。

船内に飲料水の自動販売機があるのは知っていたものの、他の乗客の目をおそれて行けなかった。刺青の男からもらった金はまだ残っている。下船後はひとまず冷たいコーラで水分を補給し、それから近くの交番か警察署に庇護《ひご》を求めようと彼は思った。

汽笛が重々しくとどろく。あとを追うように残響が港中にひびきわたり、ほのかな潮の香りの中へ消散していく。船内に到着のアナウンスが流れ、やがて船は静かに港に停泊した。

岸壁にタラップがわたされると、進は誰よりも先に駆け下りていった。危機を脱した解放感が自然と足取りを軽くさせていた。

ターミナルビルの売店でコーラを買おうとして、ワゴンにならべられたおにぎりが目に入った。喉の渇きだけでなく、うっすら空腹も感じる。ランチョンミートの載ったおにぎりを二つつかみ、余勢のまま棚のプリンも手に取ってコーラとともにレジ台に置いた。

座れそうな場所を求めてエスカレーターをのぼると、そこはウッドデッキがひろがり、眼下の港を見晴らせるベンチがならんでいた。

進はベンチに腰掛け、祝杯代わりのコーラを喉を鳴らしながら飲んだ。呆《あき》れるほど美味だった。食道を濡らしたそばから細胞に染みわたっていくようで、どれほど体が水分を欲していたかを気づかせてくれる。

おにぎりを頬張りながら、すぐ下の岸壁に停泊しているフェリーをながめた。どこの島へむかうのか。荷物を手にした人々が乗船口のタラップをのぼり、船上と陸上でそれぞれ係員が出港の準備をすすめている。

ラビットベースを抜け出してから、かれこれ三時間以上は経っている。そろそろ優子が異変に気づいてもよさそうな時間だった。場合によっては信介にも連絡が入っているかもしれない。突然の脱走に二人があわてふためいている姿を思い浮かべると、多少とも胸が空いた。

タラップが外され、船が岸をはなれる。おもむろに回頭し、曳《ひ》き波をこしらえながら暮色に染まる湾の外へ遠ざかっていった。

進はささやかな食事に満足し、残りのコーラを飲み切ると腰を上げた。

ターミナルビル内の案内板やフロアマップを見たところ、建物内に交番はないらしい。その足でビルを出ようとしたときだった。

彼は目を見張った。ビルのちょうど入り口付近を、制服姿の警察官二人が巡回している。助かった、と思った。

ビーチサンダルを鳴らしながら、警察官のもとへ駆け寄る。

「すみません、助けてください」

言葉にした途端、堰《せき》を切ったように感情が激し、こらえていたものが胸にあふれてくる。

「あの、喜久島のラビットベースってところにいたんですけど、すごいヤバくて、それで、自分もやられると思って、あの、いまさっきそこから逃げてきて」

気持ちばかり急いて、うまく説明できない。

「大丈夫だよ、大丈夫。落ち着いて。ゆっくりでいいから。いまは、ひとり？　ほかに誰かいる？」

若い方の警察官がそっと背中に手を添えてくれる。

「僕ひとりです。一ヶ月前に埼玉から喜久島に行って、それで、そこのラビットベースっていう家っていうか小屋で暮らしてて——」

興奮しながらまくし立てるうち、目から熱いものが流れ落ちてくる。腰をかがめて耳をかたむけてくれる若い警察官の顔がにじんでいた。

「もう心配いらんからな。名前は？　なんて名前ね」

訛《なま》りの強いおっとりした口調でたずねてきたのは、もうひとりの年配の警察官だった。

彼は涙をぬぐい、

「……村瀬です。村瀬、進です」

と、答えた。

氏名の漢字、生年月日、住所を確認したのち、年配の警察官がどこかと連絡をとっている。やがて電話を切り、こちらへ顔をもどした。

「進くんね。これからちゃんと話聞かせてもらうから、移動しようね」

二人の警察官に付き添われ、ターミナルビルの外に出た。

ややはなれたゼブラゾーンの路肩に、車体を白黒に塗装され、天井に赤色灯をいただいたセダンタイプの警察車両が停まっていた。

彼は二人にはさまれながら警察車両にむかい、年配の警察官とともに後部座席に乗り込んだ。

運転席に身を入れた若い警察官がエンジンをかけ、バックミラーを調節している。

バックミラーは助手席用をふくむ上下二段式で、運転席の前面パネルには無線機や彼の知らない機器が装備されていた。はじめて乗る警察車両に新鮮さもさることながら、守られているといった安心感の方が大きかった。

「ケガとか、どっか悪いとこないね」

うなずくと、年配の警察官は運転席に顔をむけ、

「じゃあ、行って」

と、告げた。

ウインカーを点滅させた車がゆっくりと動き出し、通りの車列に合流していく。

シートに背をあずけた進は、フロントガラスに映じる景色をながめていた。

ターミナルビルの前を過ぎて間もなく、〝KOBAN〟と記されたコンクリート造りの建物が見えた。すぐ脇の車庫に、この車と同じ警察車両が駐車していて、制服を着た警察官の姿もある。保護してくれた二人の警察官は、あの交番とは別のところから来たらしい。

空調の冷気が汗ばんだ体をつつむ。タイヤが路面を踏みしめる微細な振動が、合

皮のシート越しにつたって心地いい。交差点を曲がるたび適度な遠心力がかかり、まるで揺り籠に身を沈めているようだった。張りつめていた緊張の糸が切れ、彼はいつしかまどろんでいた……。

「進くん、着いたよ」

年配の警察官の声で目をさますと、そこは交番のようだった。

ターミナルビル横で見かけた交番と同じように二階建てで、外壁のコンクリートがやや黒ずんでいる。もっと大きな警察署につれていかれると思い込んでいただけに、いささか拍子抜けした思いだった。

前は片側一車線の道路が通り、そのむこうに商店や住宅がならんでいる。まばゆい夕陽の余光が歩道をおおい、犬の散歩をする老人の影を長々とのばしていた。

「そこに座って」

交番の中に通された進はパイプ椅子に腰掛け、机越しに年配の警察官とむかいあった。

あらためて氏名、生年月日、住所、家族構成、両親の年齢や職業などを訊かれたのち、自宅の連絡先をつたえる段になって、進は言いよどんだ。自宅に固定回線は引かれておらず、ふだんなにげなく両親と連絡をとり、そこに二人の連絡先も記録されているスマートフォンは、信介たちにあずけたままだった。

「……すみません。スマホ取り上げられて逃げてきたんで、親の連絡先がちょっとわからなくて」

紙にペンを走らせていた年配の警察官が顔をあげ、

「保護者には、こっちで連絡とるようにするから心配いらんからね」

と、大きな目におだやかな光をうかべた。

進は、警察の組織力にたのもしさを感じつつ、両親のことを思い返していた。ラビットベースを脱走し、警察に保護されていると知ったら、どのような顔をするだろう。ポーカーフェイスの父親は信介たちに対して淡々と被害の補償を求めるような気がし、感情に起伏がある母親は信介たちの凶行の数々におののき、喜久島行きの発端をつくった自身を責めるような気がする。なにかとてつもない負担を両親にかけてしまったという自覚はありつつも、いまはとにかく家に帰りたい一心だった。

「それじゃあ、進くん。なにがあったのか、はじめから順番に説明してみてくれるね。埼玉のお家から喜久島に行ったっていうのはいつ？」

年配の警察官がまっさらな紙を机にひろげ、ボールペンをにぎりなおす。彼は毎晩印をつけていた手製のカレンダーを思い起こした。

「えっと……六月二十七日です」

相手が手を止め、

「六月二十七日……それだと、学校はまだ夏休みじゃないよな」

と、自身にたずねるように不思議そうな表情をうかべている。

「えっと、それは……」

口ごもった進は視線を落とした。引け目を感じている不登校の事実も、忌まわしい記憶として心に深くきざまれている不登校の理由も、知られたくなかった。

「言いたくなかったら、話せる範囲でいいからね」

年配の警察官がおだやかな声を返してくる。

この人なら、なにを話しても親身になって受け止めてくれるように思えた。彼は顔をあげた。

「あの、実は学校にずっと行ってなくて、親が、喜久島に離島留学のプログラムがあるから気分転換に行ってみたらどうかって」

相手は不登校の理由を詮索するようなことはなく、無言でうなずきながらメモをとっている。進はつづけた。

「それで喜久島に行って、比部間集落の近くのラビットベースっていうところに泊まってたんですけど、そこのオーナーの人に修練っていうのをやらされて」

「シュウレン？」

年配の警察官が説明を求めるようにこちらをうかがった。

「えっと修練っていうのは、その、つまり――」

進の脳裏に、運転席でハンドルをにぎった折の情景が映し出されていた。

――ぜんぶ証拠残ってるから。他人の車を勝手に乗り回した窃盗と、無免許運転の道路交通法違反で逮捕だよ。

耳の奥で、信介の威圧的な声が山びこのように反響している。

――お前はまだ十五歳だからな、逮捕されたら留置場に二十三日ぶち込まれて、そっから鑑別所《かんべつ》に送致されてそこで四週間だろ。そのあと家庭裁判所《かさい》で審判やって、少年院《ねんしよう》送りも可能性としてはあるけど、ま、このケースだと施設行きだろうな。二年くらい出られないよ。

ここで洗いざらい話せば自分の立場が悪くなるにちがいなく、といって、きちんと説明できなければ信介たちの悪行が正確につたわらないと思えた。

なにを話せばいいかわからなくなり、頭が沸騰したように熱をおびはじめる。

背後のドアがひらいた。

見ると、どこかへ出掛けていた若い警察官が交番内に入ってきて、手に提げていた弁当屋のビニール袋を机に置いた。

いつしか外は宵闇につつまれ、街の明かりが点々と灯っている。年配の警察官が口をひらいた。

「進くん。このぐらいにして、つづきは明日またやろう。疲れてるだろうから、今日はもう遅いからご飯食べて、この上でゆっくり休んでね」

進は、若い警察官の案内で二階に上がり、畳敷きの休憩室にあぐらをかいた。

弁当を平らげ、ペットボトルのさんぴん茶を飲みながらくつろいでいると、階下にいた先ほどの若い警察官が休憩室にもどってきた。

「これ、着替え。ちょっと大きいかもしれないけど、よかったら使って」

手には、私物とおぼしきTシャツとハーフパンツがあった。

そのさりげない親切に触れ、なんだか申し訳ない気持ちになってくる。礼を述べて、ありがたく着替えを受け取った。

「それと、さっき保護者の方と連絡とれたよ」

「ほんとですか」

自然と声がはずむ。もっと時間がかかると思っていた。

若い警察官は明朗にうなずき、

「明日、むかえにきてくれるって」

と、階段を下りて勤務にもどっていった。

進は水着を脱いで着替えると、畳の上に寝転んだ。

空調から下りてくる微風が涼しい。巡回にでも出掛けるのか、時々、階下からかすかな物音がする。窓越しにたえず聞こえてくる車の走行音が六畳ほどの室内にひびいていた。

天井の蛍光灯を見つめているうち、さまざまな感慨が湧き上がっては消えていく。明日の夜は埼玉の自室のベッドで、いまと同じように横臥していると思うとなかなか寝つけなかった。

下半身がうずく。彼はこらえきれず、そっとハーフパンツを膝まで下ろした。反り返ったペニスをにぎりしめ、いつものように頭の中に優子を呼び起こした。分娩台にのしかかり、もだえる優子を泣きわめくまで犯す。いまにも誰かが階段をのぼってくるかもしれないというスリルを感じながら、信介に復讐《ふくしゅう》を果たしていると思うと、いっそう興奮がました。

何度目かの快感の大波に屈し、腹にあたたかいものが飛び散る。脱ぎ捨ててあったTシャツで体液をぬぐうと、電気を消し、空のペットボトルを枕にして目をつむった。

翌朝は灰がかった暗い雲が空をおおっていた。

進は、買ってきてもらった菓子パンと牛乳で食事を済ませたのち、一階に下りた。年配の警察官が昨日の聴取のつづきをしにやって来るという。

話すべき内容を整理しつつも、意識はすでに埼玉の自宅にむいていた。

帰ったらなにをしよう。なにをしてもいいし、なにもしなくてもいい。そのような自由がこれほど待ち遠しいものだとは思わなかった。喜久島に来る前のように自室に閉じこもってタブレット端末にかじりついているより、屋外に出て体を動かしてみたい。

なにがいいだろうと考えをめぐらせるうち、前から少し気になっていた自転車が思いうかんだ。自転車ならひとりでできるし、好きなときに好きなところへ行ける。自転車は家にないが、たぶんエントリーモデルのロードバイクであれば親も買ってくれるだろう。自然豊かな秩父《ちちぶ》の山や湘南《しょうなん》の海をはじめ、自転車で気ままに各地をめぐる情景を妄想すると、ひどく未来が明るいものに感じられてきた。

戸外から誰かの話し声と足音が近づいてくる。ひとりではなかった。

「進くん、保護者の方お見えになってるよ」

前日にここで聞いたおだやかな声がし、進は、恥じらいながら入り口の方を振りむいた。

年配の警察官のかたわらに、目元に微笑をうかべた信介が立っていた。

五

「本当にコーラ好きだよな」

隣の座席でスマートフォンをながめていた信介が、愉快そうに目元をゆるめている。

「うまいか」

進は、黙ってうなずいた。

顔から血の気が引き、激しく引きつっているのがわかる。信介の視線が耐えがたく、すがるようににぎりしめていたペットボトルをかたむける。炭酸が口中を刺激するだけで、味などなにも感じられなかった。

喜久島へむかう高速船の船内は、双頭の舳先が波浪を切り裂く走行音にみち、ほかの乗客の話し声をかき消している。客室はたえず振動し、動揺を繰り返しては後方のトイレやデッキにむかう乗客の足元をおぼつかなくさせていた。

「前にも、うちであずかってたやつが逃げたことがあってな」

信介の声に感慨深げな響きがにじんでいる。

中央最前列に座る進は、かたい表情を正面にむけていた。前方に窓はなく、非常用のドアで閉ざされたクリーム色の壁しか見えない。頭上に吊《つ》り下げられたモニターではTV番組が流されており、身をよじって笑いくずれるコメディアンの顔がしきりに大写しになっていた。

「そいつはお前とそんな歳変わらないんだけど、馬鹿だよな、カヤックで遊ばせてたら、そのまま沖に出てどっか行っちゃったんだよ。結局そのあと、溺死体になって発見されたけどな」

信介は、白い麻のパンツのポケットにスマートフォンをねじこみ、

「だから心配したよ。お前もどっかで死んじゃったんじゃないかと思って」

と、血管の浮き出た太い腕で片膝をかかえるように足を組んだ。革靴につつまれた足先が間合いをはかるようにゆっくり上下している。

進の脳裏に、首を落とされて虚空を見つめるブーサンの目と、緑色に腐敗したナオミの頭皮がよみがえってくる。自分の周囲をただようようになった死の気配に、

いつしかなにも感じなくなっていた。

「お巡《まわ》りさんのとこでお前が保護されてるって連絡きたときなんか、心配させやがって馬鹿野郎って、思い切りスマホぶん投げそうになったもんな」

ひとり悦に入っている信介の思い出し笑いを耳にしているうち、彼の内部で引っかかりつづけていた疑念があらためて頭をもたげてきた。

身元引受人として交番にあらわれたのは、どうして親でなく、信介だったのか。警察官には、住所や両親の名前とともに、信介たちがホストをつとめるラビットベースから逃げ出してきたこともしっかりつたえていた。なのに、あの年配の警察官はなんの疑いもなく、さも一件落着と言わんばかりの得意顔で自分を信介に引き渡した。警察につかまえられるべき犯人が、制服姿の警察官となごやかに会話をしている眼前の光景に、理解が追いつかなかった。混乱のままなにひとつ状況がつかめず、どうにかしなければと思ったときにはタクシーに乗せられたあとだった。

もはや信介どころか、警察すら信じられず、なにもかもが偽物としか彼には思えなかった。そこに当たり前にあるはずの世界が、音を立てて自壊していくような感覚がぬぐえず、無量の不安が心の芯まで侵食していた。

「逃げたくなる心情ってのは、まぁわからんでもないとして、でもそれを実行に移しちゃうっていうのはよっぽどだよな」

皮肉とも同情ともとれる言い方だった。

「そんなに修練がきつかったのか。きついっつっても、ぜんぶお前のためなんだけどな。つらかったか、な」

壁を見つめたまま、重たい首を左右に振った。

「じゃ、なんで逃げた」

ささやくような低い声だった。

かたい視線が意識される。引っ張られるように隣に顔をむけた。口角に微笑をこしらえた信介が探るような目でこちらを見つめていた。

「なんでだ」

すべて見抜かれているにちがいなかった。

深夜の飼育場で目にしたことを正直に白状すべきだと思った。

「……ホームシックで」

すんでのところで、口から出任せがもれる。

「相変わらずウジウジしてんな、お前は」

兄貴風を吹かせるような調子で信介が笑い飛ばしている。

「お前のその逃げ癖を直すにはどうしたらいいんだろうな。お前が困難から逃げないようにするにはどうしたらいいか、お前は今後どうしていくべきなのか。真正面からむきあって、一緒にじっくり考えような」

その話しぶりは、はじめて信介とラビットベースで会ったときのことを彼に想起させた。なにも知らなければ、たのもしい響きにちがいなかった。

「俺はお前から絶対に逃げたりしないから」

信介は、励ますようにそっと彼の膝をたたいた。

船体が大きくかしぎ、波のくだけ散る音がしている。やがて船は、逃走時に乗ったフェリーの半分の時間もかからず、雨の降りはじめた喜久島に寄港した。

港の駐車場に停めてあった黒いＳＵＶに乗り込み、信介の運転でラビットベースにもどる。

ワイパーの動きがせわしない。雨粒がフロントガラスに打ちつけ、窓の景色をにじませていた。

信介は、逃亡の過程を細部にいたるまで彼に説明させ、

「それで、バスに乗って港まで行ったのか。でも、監視員の姉ちゃんもそうだけど、その顔面に刺青はいってる兄ちゃん、そんなんでよくお前に金貸してくれたよな」

と、片手でステアリングを操りながら他人事のように感心している。

あれほど彼が苦労して逃げた山道を、あっさりと車が逆戻りしていく。時おり雨勢がまし、周囲の緑が白くけぶっている。雨はささやかな流れをこしらえながら、舗装された路面を洗い清めていた。

比部間集落を通り抜け、間もなく車はラビットベースの前で停まった。

信介がリモコンを手にし、ボタンを押した。重々しい音をひびかせながら、おもむろにゲートが動き出す。進は、虚脱した目でプレートに記された〝立入禁止〟の文字をじっと見つめていた。

母屋の階段を下りると、いまにも泣き出しそうな表情の優子がリビングで彼を待ちかまえていた。

「どこ行ってたのよ。ずっと心配してたんだから」

激した口調で詰め寄ってきて、やさしくつつむようにこちらの肩口に両手を添える。

「……すみません」

進はうなだれたまま、相手の目を見ることができないでいた。非があるのはむこうの方のはずなのに、罪を犯したような気になってくる。

「どうして、いきなりいなくなっちゃったのよ」

眉根を寄せた優子が、うつむきがちな顔をのぞきこんでくる。

口をつぐんだまま突っ立っていると、上階の寝室で着替えていた信介が階段を下りてきた。

「どうしていなくなっちゃったのじゃねえだろ、馬鹿野郎」

凄みをきかせた声がリビングにひびく。

出し抜けの怒号に、進は身をすくませた。

「お前がちゃんとケアしてやんねえから、進が逃げ出さなきゃいけなくなったんだろうが」

信介が優子に近づき、目に怒気をやどらせてそのうすい肩を突き飛ばしている。

「も……申し訳ございません」

優子の声はおびえにみち、かすかにふるえていた。

「こっちじゃなくて、進に詫びるんだろうが。こら。進がどんだけつらい思いしたと思ってんだ」

言われるまま、優子が彼の方にむき直り、

「ごめんね。つらい思いさせて、すみませんでした」

と、頭を下げる。

進は困惑の表情であとずさった。どうして優子が自分に謝らなければならないのか少しもわからなかった。

「なんなんだよ、てめえは。いい加減にしろよ、毎回よ」

ふたたび信介が優子を小突く。手を出したことで怒りは鎮まるどころか、むしろ増幅しているようだった。

防御の姿勢なのか、懇願の仕草なのか、床にくずおれた優子がせまりくる相手に両の掌をむけている。

間に入って止めることもせず、進はその場で無感情に傍観していた。地下室で目にした分娩台の記憶がよみがえる。逆上する信介の言動は芝居じみて感じられ、すぐそこで恐怖に顔をゆがめる優子も心なし喜んでいるように映った。

ふとその存在に気づいたかのように信介が振り返る。

「進、お前もう小屋もどってろ」

機械的に返事をし、階段をかけ上がった。

うなるような怒声がリビングにひびきわたって背中を追いかけてくる。二人が喧嘩をしようが、異常な形で愛し合おうが、どうでもいいと彼は思った。誰の目もとどかないところで、ただひとりになりたかった。

小屋の中は、比部間ビーチへ出掛けた昨日と同じ状態だった。荷物の位置は変わっておらず、バックパックなどをあらされた形跡もない。

進はベッドに寝そべり、ノートをひらいた。

手製のカレンダーには、昨日の分の×《バツ》がつけられないまま日付がならんでいる。ボールペンをとり、一日遅れの×を記そうとして思いとどまった。

これをつづけたところでなんになるだろう。プログラム終了の期日をむかえたとしても、埼玉の自宅に帰れる気がまったくしない。ボールペンでカレンダー全体に何重にも取り消し線を引いたのち、ノートごと床に払い落とした。

あおむけになり、天井の木目をながめる。

逃げなければならないと彼はぼんやり思った。一昨日と同じように、逃走方法や経路を検討してみても、信介や警察につかまえられてしまう結末しかイメージできない。鍵のかかった金庫に保管してあるという自分のスマートフォンをどうにかして取り返し、親に助けを求めるのはどうだろう……それすらも、徒労に終わるように思えてならない。せめて、脱走を実行に移した昨日ほどの気力がほしかった。

両手で頭をかかえ、瞼を閉じる。

どうにも気怠《けだる》く、このまま地中奥深くまで体が沈み込みそうな感じがする。不思議とその土に還《かえ》っていくような感覚は不快ではなかった。進は、自分の肉体がひそかに消滅することをどこかで願いつつ、いつ止むともしれない雨声に耳をかたむけていた。

翌朝、進が母屋のリビングに姿をあらわすと、ダイニングテーブルでパンをかじっていた信介がすぐに気づいて相好をくずした。

「逃げなかったんだな。偉いぞ」

テーブルには、いつものようにパンやヨーグルトがならび、彼がいつも座る席にも取り皿やフォークが置かれている。

「昨日、メシ食わずに寝ただろ。いっぱい食べとけ。ちゃんと食べないと、脱走できないぞ」

信介の挑発に反発する精気は毛頭なく、目礼だけして進は席についた。食欲をみたす以外なにも考えたくなかった。

伏し目がちに食事をしていると、キッチンのガス台の前に立っていた優子がやってきた。人数分に切り分けられたベーコンエッグをテーブルの中央に置き、無言のまま信介の隣の席に腰をおろす。

その顔を見て、彼は瞠目した。

優子の左目は青黒く腫れ上がり、ほとんどつぶれてしまっている。額や頬に赤い擦過傷が走り、唇は片側が切れて倍ほどにふくらんでいた。

「ちょっと転んだだけだから……あんまり見ないで」

進の視線をさえぎるように、うつむいた優子が左目を手でかくす。

彼はうろたえ、手元の皿に視線をもどした。優子が嘘をついているのはあきらかだった。どう見ても、顔の傷は転倒でできたものではなく、暴行によって生じたのは疑いようもない。

動揺する彼の頭に、昨日のことがよみがえってくる。信介は、彼の逃亡の責任が優子にあると激高していた。自分が逃げたばかりに優子が凄惨な仕打ちをうけたかと思うと、胸が押しつぶされそうだった。

「ほんとに、おっちょこちょいだよな。進につらい思いさせたから、もしかしたら罰が当たったのかもな」

信介がうそぶき、同意を求めるようにこちらに笑いかけてくる。

進は、優子の方に顔をむけられないでいた。逃げたのは優子のせいではなく、優子を傷つけるためでもなかった。

「進。こいつハーブ園行くみたいだから、メシ食ったら手伝ってやれ」

そう言い置いて、信介はリビングのソファに寝転んだ。

食後、進は優子につきしたがい、母屋をあとにした。

雨は夜のうちに上がっていた。相変わらず厚い雲が空にたれこめ、太陽の姿は見えない。じっとりとした湿気が肌にまとわりつき、汗がにじみ出てくる。

ハーブ園にむかう車内の空気は重たかった。

ラビットベースを出発してからずっと優子は無言をつらぬいている。ハンドルを繰りながらフロントガラスの一点を見つめるその右目が、助手席の彼をなじっているように感じられた。なにか話しかけようとして言葉が出てこず、落ち着かない気持ちで沈黙にたえていた。

やがて車はアスファルトの道をはずれ、ハーブ園の一角で停まった。

車を降り、優子が前を歩く。オフホワイトのロングワンピースの裾が揺れ、締まった脹脛にまとわりついてはひるがえる。もったいぶるような、妙にゆったりとした足運びだった。

進は意を決し、髪をおろした相手の背中にむかって声をかけた。

「なにを手伝ったらいいですか」

足が止まり、こちらに振り返る。あらためて正対するその顔は痛ましかった。

一陣の風がゆるやかに吹き抜け、四方から葉擦れの音が湧く。優子は乱れた髪をかき分けながら、小さく顔を横に振り、

「なんもしなくていいよ……なんもしないで、一緒に海ながめて、ハーブティー飲も」

と、無惨に腫れあがった唇に微笑をつくっている。

ガジュマルの樹の下にゴザが敷かれた。

「座って」

手招かれるまま、進は隣に腰をおろした。

見れば、優子は両膝をかかえながら、木立の間からのぞく遠い海に右目をすえている。海は空模様を映すかのように、暗い鈍色にくすんでいた。

「あの……優子さん、なんか、すみませんでした」

そう言葉にしてしまえば、胸苦しさがいくらか楽になるような気がした。

優子はそれにはとりあわず、彼の方に顔をむけた。

「なんで……なんで、逃げたりなんかしたの？」

その声に非難の響きはない。

「それは……」

今度こそすべてを話そうかと思ったものの、進は踏ん切りがつかないでいた。

「前にここで、私の幼馴染の話したでしょ。おぼえてる？」

かつてこの島に移住してきて、いまはこの世にいない女性のことだと思い出した。

「あれね、私のことなの」

優子がおどけるように右の目元をゆるめている。

「マナと二人でこの島にたどり着いて、信介と出会って……それからマナが呪われてるってわかって……天国に行っちゃって」

淡々と話すその言葉尻に、哀切な響きがふくまれていた。

「それから私、毎日ここに来て泣いてた。ずっとこうやって海ばかり見てたの」

ある時点まで、優子はこの海をながめながら喜久島を監獄のように感じていたのかもしれない、と彼は思った。

「だからね……進くんが逃げたくなっちゃった気持ち、わかるよ」

肩の力が抜けた、あたたかな言い方だった。自分を理解してくれようとしている
その姿勢がたまらなく嬉しく感じられる。優子も犠牲者なのだと思うと、彼の迷い

は消えていた。

「優子さん、じつはあの——」

進は、慎重に切り出すと、立ち入りを禁止されていた飼育場へ夜中に忍び込んだこと、そこでブイブイたちが人骨らしきものをかじり、髪の毛のからまった腐肉を食べていたことを言葉を選びながらつたえた。

「それで怖くなって、逃げなきゃって思って」

おだやかに相槌《あいづち》を打つ優子の表情に、変化は見られない。彼がなにを話すかわかっていたかのような雰囲気すらただよわせながら、ポットからコップにハーブティーをそそいでいる。

「ナオミさんって……殺されたんですか」

誰が殺したのかも、どうして殺されなければならなかったかも知りたくなかった。ナオミが殺されたという事実だけがわかればそれでよかった。

「そんなの、進くんは知らなくていい」

優子がこちらを見つめたまま静かに首を振っている。

やはりナオミは殺されてしまったのだと彼は確信した。心のどこかでかろうじて引っかかっていたあわい期待がすべり落ちていく。脱走したのは間違っていなかったという奇妙な充足感が胸底に湧いたかと思うと、すぐにそれは消え、鉛のごとく重量感のある不安が急速にわだかまりはじめた。いまにも窒息しそうな感覚にとらわれ、彼はたまりかねて口をひらいた。

「僕も、ナオミさんみたいになるんじゃないかって思ったら、もうなんかおかしくなっちゃいそうで」

歯の根があわず、うまく話せない。全身に震えがひろがっていく。震えをおさえこもうと意識するほど、ますます制御がきかなくなった。

進は地面を見つめながら奥歯を食いしばり、組んだ手をかたくにぎりしめていた。

「怖かったね」

優子の安らいだ声が耳元で聞こえ、肩や頭に触れるものがある。そのまま背後から抱きしめられた。

ゆったりした指運びで優子が彼の頭をなで、汗っぽい髪をすく。背中に当たる乳房のひかえめな弾力感が心地よかった。

雨が降り出し、ガジュマルの枝葉から雨滴が落ちてくる。濡れるのもかまわず、彼は相手に身をゆだねていた。

「こっちむいて」

振り返ると、眼の前に優子の顔があった。

いとおしそうな光を右目にうかべながら、こちらの頬から顎、唇を経て鼻頭に指先をはわせてくる。

新鮮な感覚だった。優子の指が肌に触れるたび、全身の神経が一斉にそこになびくような感じがする。呼吸が浅くなり、動悸が高まっていた。いつか恐怖は姿をひそめ、体の震えはやんでいた。

自身の指先を右目で追っていた優子と視線がぶつかる。

見つめられ、顔がせまってくる。キスをするのだと彼は思った。夢の中でしか経験したことがなかった。まごつきつつも抗しきれず、自分からも近づけていた。

相手のあたたかな呼気が肌に感じられ、唇がかさなる。想像していた以上にやわらかい。劣情がかき立てられ、鼻孔からため息が漏れ出てくる。勢いあまって前歯がぶつかり、唇がはなれた。上唇の傷口が痛むらしく、優子が顔をしかめている。

「口あけて」

こちらの首に両腕をかけ、舌を差し入れてきた。とろりとした舌先が彼の歯茎や上顎をまさぐり、彼の舌にまとわりついてせわしなく蠕動《ぜんどう》する。

進も、忘我して舌を動かし、相手のそれを探し求めた。かたくなった性器が下着の布地を突き破ろうとしていた。

相手の呼吸がしだいに荒くなり、舌をからめたままゆっくりと押し倒される。優子の手が彼の下腹部へのび、太腿に下りてきて、ためらいがちに股間へおよんだ。性器の形をたしかめるように布地の上から掌全体でなでている。

「かたくなってる」

愉しむとも、叱るともつかない言い方だった。

優子が彼のハーフパンツに手をかけ、彼があらがうのもかまわず下着ごと足首まで下ろした。

はち切れんばかりに膨張したペニスは、血管が樹状に浮き上がり、のけぞるように天を衝《つ》いて息づいている。亀頭の割れ目から透明な粘液があふれ、糸を引きながら滴り落ちていた。

他人に勃起した性器をさらすのははじめてだった。顔面が発火したように熱をもち、羞恥心が自覚されるたび、狂おしいほどの興奮がじんわりと体の内部をめぐる。彼は息を乱しながら、無言で自分の性器を見つめていた。

「もう大人なんだね」

小動物を寝かしつけるように、優子のほっそりした指が陰茎の裏側をなぞっていく。強烈な快感が走り、腰が浮いた。

「のぞいてたでしょ」

喜色にみちた断定的な響きだった。

「私が地下室で信介に責められてるとき、進くん、窓のむこうからのぞいてなかった？」

優子の指が順に亀頭をつつみ、尿道口からこぼれ出る体液を亀頭全体に塗りひろげるように、五本の指がなめらかに動きはじめる。

あまりの刺激に進はたまらず腰を引こうとした。逃げ場はなく、うめき声を漏らしながら背中が弓なりに反るだけだった。

「答えて」

指の動きが速まっていた。

彼が苦悶の表情でうなずくと、亀頭から手がはなれた。見れば、優子が彼の足の上にまたがろうとしている。濡れた髪が腫れた左目をおおい、ワンピースの薄い生地が肌にはりついている。下着をつけていないのか、かたく凝った乳首が透けていた。

優子がワンピースの裾をたくし上げ、

「したことある？」

と、ペニスを自身の性器にあてがい、彼が返事をする前に腰を沈めた。あたかも溶かしたチーズを上から大量にかけられたようだった。溶けたあたたかなチーズは意思をもったように微妙に動いていて、波状の快感をともないながら亀頭や陰茎にまとわりついてくる。

「……おっきい」

優子がワンピースを脱ぎ捨て、大きくひらいた自身の両膝にふたたび手を置く。陰毛のない性器が根本までペニスをくわえているのが見えた。地下室で目にした裸体がすぐそこにあった。

「動かして」

進は、前にポルノ動画で見たように突き上げてみた。動きはぎこちなく、二、三度腰を振ると、その先がつづかない。何度か試みたものの、イメージした動きとは程遠かった。

優子が彼の手をとり、自身の乳房にもっていく。そっと揉《も》むと水風船のようだった。毎晩、頭の中で鷲《わし》づかみにしている乳房に触れ、泣きじゃくるまで犯し倒している性器に自分のペニスが刺さっている。そのことに不思議を感じつつ、どこかで必然と思っている自分がいた。

優子が腰を上下させはじめた。濡れたペニスが見え隠れしている。自分が優子と性交をしていると意識した途端、唐突に射精感がおそってきた。

「……すみません……もう」

みじめな声が口をつく。

「いいよ。出して」

腰の動きが速まった。

優子がハーブティーを口にふくみ、おおいかぶさってくる。その骨ばった背を夢中で抱きしめた。口移しでハーブティーを飲み下す。

冷めた表情の相手と鼻先で見つめあいながら、進は限界までこらえて腟《ちつ》内に精子を吐き出した。

相手にあわせるようにゆっくりと呼吸をととのえていく。ペニスはなおも硬度をたもったまま、名残《なご》り惜しむように優子の中で律動していた。

最初は蚊の羽音かと思った。

音は低く、いくぶん反響しながら断続的に鳴っている。耳元で蚊が飛びまわっているにしては音量も音域も一定で、単調だった。

その音を漫然と聞いているうち、父親が毎朝のように洗面所で使う電動シェーバーのモーター音にどことなく似ていると気づき、心がなごんだ。

もうしばらくしたら父親は髭を剃《そ》り終え、いま頃は化粧に余念のない母親と夫婦そろって出勤するのだろう。あわただしくも、平穏な日常の気配がただよっているのが容易に感じとれた。

進はトイレへ行くついでに、母親がキッチンに買い置いてくれているはずのコーンフレークでも口にしようと瞼をひらいた。

目がくらみ、まばゆい光が視界をつつむ。案に相違して、見慣れた自宅の風景はそこになかった。

天井の高い空間だった。

正面におよそ縦二メートル、横三メートルの嵌《は》め殺しのガラス窓が仰角に見え、その下方に視線を移すと、大人の背丈ほどある白いタイル張りの壁が床へと連続している。ガラス窓のむこうには一人掛のソファがこちらを見下ろすように二脚置かれ、その右脇に設けられたドアからは金属の骨組みでできたL字の階段が床にのびていた。まるで前に外国映画で観た、二階の窓から見学可能なショック療法の処置室の中にいるかのようだった。

はじめて目にする光景でありながら、既視感をおぼえる。いくぶん朦朧とした頭をめぐらしているうち、散り散りだった記憶の断片が不完全ながらむすびつき、やがて網膜に映じている像とかさなった。

——地下室？

咄嗟に飛び起きようとして、強い力で彼は跳ね返された。

かろうじて自在な首をまげて見ると、レース調のうすい生地であつらえた白いローブだけを身につけ、なかば後方に倒れたような姿勢で座らされている。手首と足首、腹部、胸部が、それぞれ緑色のボタンがついた白いベルトのようなもので固定されて身動きがとれない。優子が陵辱されていたあの分娩台に自分が拘束されていると理解するまで、ほとんど時間はかからなかった。

「動くんじゃねえよ」

かたわらで信介の声が聞こえたかと思うと、頭をつかまれ、ヘッドレストに押さえつけられた。信介は背後に立っているらしく、姿が見えない。

ふたたび電動シェーバーを思わせるモーター音がする。

頭頂部から額にかけて櫛《くし》のようなもので頭皮をなでられるような感覚がし、黒いものが眼前をかすめ落ちていった。

見れば、黒々とした毛束が白いローブの上に散っている。二ヶ月以上前に整髪して以来、伸ばしっぱなしになっていた自分の頭髪にちがいなかった。鳴りひびくモーター音にくわえ、やたらと涼気を感じる頭頂部や前頭部の感覚、二十センチ以上ありそうな毛束の長さから判断するに、バリカンで短く、それも頭の形がわかるほどに髪を刈っているらしい。彼はうろたえた。

「なにしてんですか」

頭を振ってバリカンから逃れようとしてみたが、

「動くなっつってんだろ」

と、信介の太い指が彼の頭をしっかりつかんで思うままにならない。

「やめてくださいって」

思わず怒声が出る。丸刈りにされるのは、耐えがたかった。

小学校に入学する前後から、一貫して彼は長髪で通してきた。眉毛が露出するほど前髪を切られると理髪店の店員に対して憤りをおぼえ、髪をおろして耳が隠れていないと裸で歩いているような気分になってしまう。

最初は、生まれつき右前額部の生え際にある、十円玉大の黒い痣《あざ》を隠したいだけの理由で短髪を避けていた。それが中学校に入ると、そこへ中性的な男性俳優に感化されたナルシシズムの発露がくわわり、マミが長髪の異性を好むのを仄聞《そくぶん》するにいたって、長髪への執着は確固たるものとなった。

「おい、もうひとつもってこい」

背後の信介が誰かに指示し、ずっとそばにいたらしい優子が進の視界にあらわれた。

ハーブ園で優子と性交してからの記憶が忽然《こつぜん》と途切れている。最後に彼がおぼえているのは交接したまま優子から口移しでハーブティーを飲まされたところで、それ以降はどこでなにをしていたかまったく思い出せない。ハーブティーに睡眠薬の類を盛られ、意識を失ったあとここに連れてこられたのかもしれなかった。

優子を見れば、左目や唇はいまだ腫れ上がっていて、うつむきがちな右目には虚ろな光が揺れている。彼と同じ白いローブのようなものを身にまとっていて、彼が触れた乳房や、彼の童貞を奪い去った陰部が透けている。

優子が手にもっていたベルトを彼の額にまきつけるようにして固定すると、もう首すら動かせなくなった。

「やめろ。ざけんな」

進の悲痛な怒号をあざ笑うように、バリカンの櫛が何度も彼の頭をなでていく。次々と黒いものが落ちては、ローブの上に降り積もっている。

やがて髪が落ちてこなくなり、モーター音がやんだ。

どういうわけか側頭部の耳に近い方や後頭部はバリカンが通過しておらず、空調の冷気が触れる前頭部から頭頂部と比べると、そこだけ刈り残されている感じがする。落ち武者然とした髪型が想像され、腹の底から屈辱が突き上げてくる。鼻先に引っかかった何本かの髪の毛がいとわしくてならなかった。

「髪切ったぐらいで、ぎゃんぎゃん喚《わめ》くなんてみっともねえな、お前は」

いつになく平静な語調だった。

手にまとわりついた髪の毛を払い落としながら、ゆっくりとした足取りで信介が彼の前にあらわれた。

同じローブを素肌にまとっていて、筋肉の隆起したひろい背中の刺青がほんのり見える。暗紫色の魔物が白い生地越しに彼を睥睨《へいげい》している。正面に立ってこちらを振りむくと、心なし勃起した性器がローブの前身頃をそっと押し返していた。

進は不穏な空気に気圧され、ひらきかけた口をつぐんだ。髪の毛を切るためだけに、わざわざ地下室まできて拘束されているとは思えなかった。

「お前、見てたらしいな」

静まり返った密室の壁に、信介の事務的な声が反響する。

「……見てません」

飼育場で目撃したナオミの骨や腐肉を指して言っているのか、この地下室でのぞいた信介たちの性交のことなのかわからない。たぶん、その両方だった。

進は抗議するように優子に視線をむけた。ハーブ園のガジュマルの下で告白したことがすべて信介に筒抜けになっている。信介のかたわらで悄然《しょうぜん》と腕をかかえる優子は、ここではないどこかを見つめているかのように彼と目を合わせようとしなかった。

「お巡りの前でもペラペラしゃべってたらしいし」

信介はいささか落胆したようにこぼし、分娩台のフットスイッチを踏んだ。

分娩台の足側が分かれたかと思うと、徐々に両脚が左右に引っ張られていく。蛙《かえる》のように開脚したところで、分娩台の動きが止まった。

「しゃべってませんって、誤解ですよ。信介さんたちのことは、ほんとになんにも話してませんから」

恐怖で声が上ずる。

太い根元から亀頭にむかって先細っていくような信介のペニスが、先ほどより上向いている気がする。前に同性愛者のアダルト掲示板経由で送られてきた画像が思い起こされた。そのうちの一枚では、四つん這いになった細身の男の肛門に根本深くまでペニスが埋没していた。

「すみません……許してください」

進は、哀願をこめて訴えた。

「気持ちよかったんだろ？　これ」

分娩台を見下ろしたまま、優子の方に顎をしゃくる。

彼は血の気が引いていくのを自覚しながら、石のごとく体をかたくしていた。

「ま、そうだよな。毎日、猿みたいにマスターベーションしてるぐらいだからな。お前のせいで、交番の仮眠室がイカ臭くなったって嫌味言われたぞ」

不満と聞こえない言い方が、かえって薄気味悪かった。

信介にうながされるように優子が近づいてくる。なにをするつもりなのか、股間の前でしゃがみ、ためらいもなく彼のローブの下に手をのばす。ローブがめくられ、縮こまって包皮をかぶったペニスが露出した。

「ちょっと……待ってください」

身をよじろうともがき、緊張したバンドが腰に食い込む。優子の背後に立つ信介の視線が意識され、汗ばんだ顔面が紅潮しているのがわかった。

ひんやりした両手でやさしくつつまれ、彼の意思に反してペニスが膨張しながら屹立《きつりつ》する。優子が亀頭に口づけし、そのままくわえこんだ。やわらかな舌が亀頭をなで上げ、睾丸《こうがん》の丸みに沿って陰嚢の下側を手の先でなぞられる。背筋から頭の先にむかって肌が粟立ち、声が漏れ出そうだった。

太腿にやわらかな優子の髪先がふれ、醜く腫れ上がった唇が陰茎に密着したまま根元の方へすべり下りたかと思うと、ふたたび亀頭へもどっていく。自分の分泌液と相手の唾液で汚れたペニスがつやめき、優子の口角が白く泡立っている。

彼は、額に脂汗をかきながら、とめどない快感にあらがうように肘置きを強くにぎりしめていた。

「我慢しなくてもいいぞ。快楽はあとで邪魔になるからな」

信介の淡白な声が聞こえてくる。自身の妻にこのような行為をさせるのも、異常な性的欲望をみたすためなのかわからず、いっそう脳が乱れた。

「もっと、ちゃんとしゃぶれよ。こら」

信介が優子の頭をつかみ、力ずくで彼の股間に押しつけた。

傷ついた唇が根元近くまできて、くぐもったうめき声を漏らしながら優子が眉間に皺を寄せる。喉奥に亀頭の先がとどき、えずいている。

溺者が空気を求めるように、口の中からペニスが引き抜かれると、なおも信介がその頭を押し返そうとするのを、優子がよだれを床に垂らしながら首を振って拒んでいる。うっすら涙のにじんだそのゆがんだ泣き顔を目にしたとたん、毎晩の自慰で脳裏にえがいたそれとかさなり、つるべ落としに射精感がおとずれた。

白濁した精液が勢いよく放たれて相手の鼻梁に付着し、ややあって、下の前歯のあたりにもかかる。尿道に残った精液を手でしごいて搾り取ると、優子は一仕事終えたように背後へ立ち去っていった。

「気が済んだか。そろそろこっちにも、返してもらうことにする」

信介の目が胡乱《うろん》に光り、ローブの生地の下でペニスが不満そうに熱《いき》り立っている。

無言の進は、尻の穴に力を込めていた。

「お前に美点があるとすれば、それってなんだと思う」

自身の言葉に酔っているような訊き方だった。彼の返事を待つことなく、信介がつづける。

「若さだろ。なにものにも代えがたい若さ。若い血はほんとに素晴らしい。老化を止め、永遠の命をあたえてくれる」

　言っている意味がわからず困惑していると、後方から優子がワゴンを押してあらわれた。二十ミリリットルのシリンジにチューブでつなげられた、翼付きの注射針を手にし、慣れた手つきで彼の右手の甲をなでて血管をさぐっている。

「なにしてんだよっ」

　バンドから右手を引き抜こうともがくと、

「そしてその効能は苦痛によって飛躍的に増大する」

と、信介が強く腕をおさえにかかった。

　手の甲にするどい痛みが走り、信じがたいことに静脈の血管に注射針が刺さっていた。なにか死にいたらしめるような薬液を注入されるのか。恐怖がつのった。

　優子が、灰色のプラスチック材でできた長い棒を信介に手渡している。ブーサンを殺《あや》めたときに使用した電気槍だった。

「心臓が止まらない程度に電圧を加減してある」

　信介がバッテリーの電源を入れ、先端の電極をこちらにむけた。腹部にむかって近づいてくる。やめろ、と叫んだつもりがほとんど声にならなかった。

　電気槍が押し当てられた途端、引き攣れを起こしたように全身の筋肉が緊張した。

歯を食いしばったまま声が出せず、微動もできない。脇腹の筋肉がちぎれ、いまにも裂けてしまいそうだった。

「いいぞ。もっと苦しめ。修練だ、修練」

電気槍を押し当てる信介の目に、愉悦の色がうかんでいる。

信介にうながされた優子がシリンジのプランジャーを引いた。注射針とチューブを介して彼の手の甲とつなげられた透明な筒に陰圧がかかり、暗赤色の血液が吸引されていく。満杯になったところで針が抜かれ、電気槍も脇腹からはなれた。

全身が汗で濡れ、こめかみに一筋の汗がつたう。血を抜かれたせいか、嘔気とともに、かすかに目眩《めまい》がする。進は呼吸をととのえながら、自分の血でみたされたシリンジの行方を目で追っていた。

シリンジを手にした優子がチューブを外している。ワゴンに置かれたテイスティンググラスに血をそそいだかと思うと、信介はそれを受け取って一息に口にふくみ、

「いいよ、お前の血」

と、こちらを見下ろしながら血で真っ赤に染まった歯をむいて笑った。

「自分がなんのために生まれてきたか考えたことがあるか」

グラスに残った血をうまそうにすする信介は、彼の後ろに回り込むと、分娩台を

九十度回転させて壁にむけた。

壁の上に、小屋にあったのと同じ時計に似たオブジェがかかっている。それを目にし、祭壇に寝かされている人物はいまの自分そのものだと彼は思った。

「臆病、怠惰、軟弱、弱腰、優柔不断……そうした課題を克服して生きていくよりも、お前はもっとこの世界に貢献できる道があると俺は思う」

信介がそう言うと、照明が落とされ、プロジェクターの映像が壁に投影された。

「これから、お前に松果体《しょうかたい》という脳にある組織を提供してもらう」

アイコンのならんだデスクトップ画面が切り替わり、脳髄の断面図を簡略化したイラストが映される。

「この赤くなっているところが松果体。松ぼっくりみたいな形で、メラトニンていう睡眠ホルモンをつくっているところだが、一部の動物では光を感知する器官としても知られていて、昔から、人間はこの松果体を第三の目として崇《あが》めてきた。エジプトのホルスの眼、ヨガのチャクラ、バチカンのシンボル、万物を見通すプロビデンスの眼……」

どこかの動画サイトからコピーしたのか、松果体のCT画像や標本、エジプト遺跡のレリーフ、半跏趺坐《はんかふざ》の人体イラスト、松ぼっくりの杖《つえ》を手にしたローマ教皇の銅像、一ドル札の写真が順に映される。

進は、小屋のキーや車のルームミラーにぶら下げられていたオブジェと、深夜にナオミが持たされていたアダンの実を思い起こしていた。

「特に子供の松果体には、若返り成分のアドレノクロムがふくまれている」

壁の映像では、見知らぬ少女が分娩台に寝かされている。ナオミと同じか、それよりも年少に映る。進は放心したように少女の無表情を見つめていた。

「これからお前の松果体を摘出するが、恐怖を感じられるように手順を説明する」

昴ぶりをおさえられないといった様子で信介が言葉をつぐ。

「まず電気メスで頭の皮膚を切開する。このとき、麻酔を使わない。アドレノクロムは、苦痛や恐怖をおぼえたときに飛躍的に増大することがわかっているからな。それから皮膚をめくって筋膜なんかをはがして、電動ドリルで頭蓋骨に数カ所穴を開ける。その穴をつなぐようにマイクロソーで頭蓋骨を切って取り外し、その下の硬膜も切って脳髄を露出させる。脳をかき分け、適宜切除しながら松果体に到達し、摘出する。脳それ自体は痛みを感じないから、多少乱暴にやってもこのあたりは痛みに変化はないと思う」

先ほどの少女なのか。無音の画面では、上からのアングルで頭部が大写しになり、長い髪の毛がバリカンで刈り取られていく。ペンの形をした電気メスが額に円をえがき、その軌跡が赤い血でにじんでいる。クリップで皮膚がめくられ、頭蓋骨があらわになった。歯医者で使われるのに似たドリルで四カ所穴が開けられたのち、各穴を結ぶように骨が切断されると、血に濡れ、魚の白子にも似た脳髄が壁に映し出された。

信介の説明が終わり、晴天の昼下がりほどに明るかった室内が赤い照明で照らされた。壁の上方に点々と設置されたランタン風のガス灯がともされ、どこからともなく沈香の匂いがただよってくる。

「最後の修練だよ」

信介がそう告げると、天井のスピーカーから大音量で聖歌が流れはじめた。一点の曇りもない、どこまでも伸びやかで透明な少年の美声だった。しだいに重層的にひびきわたっては、複数の旋律がたがいに呼応しあいながら得も言われぬ調和をなしていく。多彩なステンドグラスからやわらかな自然光が差し込む、荘厳な大聖堂にいるかのように錯覚され、進の肌は粟立っていた。

信介が青いゴム手袋を両手にはめ、ワゴンの上のドリルを手にしている。血で汚れたメタリックな胴体の電源スイッチが入れられると、ドリルが高速で回転し、空気を切り裂くするどい異音が鳴った。

試運転の済んだドリルがワゴンにもどされ、ペンに似た電気メスに持ち替えた信介が彼の前に立った。アダンの実を両手にささげもつ優子とともに、なにか祈りのようなものをつぶやいている。

やがて祈りを終えた信介が、切開部を検討するかのごとく彼の額に手を添えた。視界の隅に焦点を結ばない信介の人影がぼんやりと見える。興奮に抗しきれないらしく、荒い息遣いが聞こえてくる。体温を通さないゴム手袋の無機質な感触が汗に濡れた肌をつたう。電気メスの熱が額に感じられた。

「やめろ」

彼は全身の反動を使ってバンドを引きちぎろうとした。緊張したバンドが擦れあってきしみ、不気味な音を立てている。

いつか壁の映像では、分娩台に寝かされているナオミが映し出されていた。彼と同様バリカンによって頭の上部の髪の毛を刈りとられている。虚空をにらみつけながら締まりのない口元をわずかにひらいていて、見ようによっては笑っているととれなくもなかった。

頭部が大写しになり、青いゴム手袋をはめた手が生え際のあたりに添えられる。

かたわらの信介がにぎっているのと同じ電気メスが頭皮に接し、ゆっくりと皮膚が焼き切られていく。バンドで固定された頭がもがくようにかすかに揺れ、何度も耳にしたナオミの悲鳴が聖歌の充満する密室に反響した。

進は、自分の叫び声が聞こえないほどの混沌とした音の坩堝《るつぼ》の中で、はっきりと死を意識していた。限りなく現実感にとぼしい異常な状況にもかかわらず、ゴム手袋や四肢を固定されたバンドの感触、鼻腔をかすめる沈香の刺激が、かたくななまでに彼の意識が夢幻の世界に逃避するのを許してくれなかった。

ドリルで頭蓋骨に穴が開けられはじめている壁の映像から目をそむけ、ガス灯の火を見つめた。室内の赤い光に飲み込まれてしまいそうな、小さなその炎がもだえるように揺らいでいる。

額に痛いほど熱を感じ、眉間に皺を寄せるようにして目をつむった。

自分の生に期待などしていなかったはずなのに、いざその流れが乱暴に断ち切られるとなるとやるせなさをおぼえた。無性にマミと会って言葉を交わしたかった。涙が目尻ににじみ、顔が小刻みに震えて歯の根が合わない。熱をもった頭の中が真っ白になり、全身に震えがひろがっていく。露出したペニスから尿がほとばしっていた。

ふと、脇をつたってこぼれ落ちていた尿の、床に当たる細かな水音が聞こえた、気がした。ついいましがたまで天井のスピーカーから大音量で流れていた、ボーイソプラノのポリフォニーとナオミの悲鳴がやんでいる。

「あ？」

信介の間の抜けた声が聞こえた。

「またＷｉ‐Ｆｉか。いつになったら工事くんだよ。音がねえとはじまんねえだろ」

苛立ちをあらわにしている信介に対して、優子がおびえたように声を震わせながら謝っていた。

「進、ちょっと待ってろな。あとで、うんこ漏らすほど苦しませてやるからな」

ぞんざいな手つきで頭をなでられたかと思うと、信介が階段をのぼっていくのが見え、そのまま室外へ去っていった。

信介のいなくなった密室に沈黙が流れていた。

「優子さん、そこにいるんですよね」

進は、思い切って声をかけた。

「なんでこんなことするんですか」

心が通じ合えたと思っていた相手なだけに、なんとも言えず悲しかった。操り人形のごとく、愚直なまでに信介に追従する態度に憤りさえ感じていた。

「ほんとにこんなことがしたいと思って、優子さんはやってるんですか。信介さんに言われてやってるだけで、ほんとは違うんじゃないですか」

背後にいる気配はするものの、返事はない。

「ほんとは、優子さんもこの島から出たいんじゃないですか。出たらいいんですよ、人の言いなりなんかならずに。優子さんなら出れますよ」

反応がないと思っていると、すすり泣く声が聞こえてくる。

進は、前にシュノーケリングでおとずれたビーチで目にした、優子の涙を思い出していた。呪われたという優子の娘はなんという名前だったか。マミと似ている名前だった気がする。たしか……マナだった。

「お母さんがこんなことやってるって知ったら、マナさんだって悲しむんじゃないんですか」

「……黙って」

歯がゆそうな言い方に聞こえる。

「悲しんでますよ。優しいマナさんなら絶対」

彼は切実な口調で訴えた。もはや他人事ではなかった。

「お願いだから静かにしてよ」

優子の張り上げた声がひびきわたる。

「いくらなんでも、かわいそすぎますよ。呪われてるとかわけわかんない理由で、お母さんに頭ドリルで穴あけられて、豚の餌にされて……マナさんのこと少しはかわいそうだと思わないんですか。呪われてるのはマナさんじゃなくて、優子さんの方ですよ」

「うるさいって言ってんでしょ」

優子が飛びかかってきた。狂ったように拳を振り下ろし、彼の胸に覆いかぶさって泣き伏している。娘の名前を連呼しながら泣き叫び、やがて力尽きたように床に崩れ落ちた。

進は、右下でうずくまっている優子の様子をうかがおうとして、ふと右手が楽になっていることに気づいた。優子が暴れた拍子に緑色のボタンが押されてロックが解除されたのかもしれなかった。試しに力こぶをつくるように右手を曲げてみると、バンドがほどかれていく感触とともに、拳が持ち上がる。呆気《あっけ》にとられ、我が目を疑った。

自由になった右手で反対の手のボタンをそっと押す。なんなく外れる。はやる気持ちをおさえながら、額、胸、腹、両足のボタンを順に押し、分娩台からそっと降り立った。

心地よい歓喜の感情が全身をめぐり、体の底から力がみなぎってくる。

足元がふらつき、偏頭痛がするものの、動けないことはなさそうだった。信介がもどってくる前に、ここを抜け出さなければならないと思った。

「ねぇ待って……私はどうしたらいいの」

足元の優子が尿と汗で濡れたローブの裾をつかんでくる。その目には、幼児が駄々をこねるような甘えの光がたゆたっている。彼の胸中に凶暴な情念が渦巻いた。

「知るかよボケ。自分で考えろ」

ぞんざいに優子の手を振りほどいた拍子に、床に転がった電気槍と、ワゴンの上のタブレット端末が目に留まった。この端末で、プロジェクターに映像を投影させていたらしい。彼はそれらを手にし、階段を駆けのぼった。

二脚のソファを横目に過ぎ、突き当たりの通路の手前で足を止める。この先は、左へ直角に折れて高い壁に挟まれた十メートルほどの通路がつづいているはずだった。片手に電気槍をにぎり締めながらそっと壁のむこうをのぞく。

足元のフットランプがともっているだけで誰もいない。

通路に躍り出て、二、三歩すすんだときだった。

あわく照らされた反対側の床に影がひるがえっている。まもなく壁の死角から大柄な人影があらわれたのを見て、彼はその場に踏みとどまった。

「そんなとこで、なにやってんだ」

一瞬、意表をつかれたように目を丸くしたその顔が、すぐに見慣れた微笑に染まっている。

「逃げんなよ、進」

ローブの裾を揺らしながらゆっくりと歩み寄ってくる。

改めて対峙《たいじ》すると、上背があり、通路をふさぐほどの筋肉質な体軀に圧倒される。相手の両脇をすり抜けることは無理で、引き返せば行き止まりで捕らえられてしまうにちがいなかった。

膝頭が震えだし、電気槍を持つ手に力が入らない。彼は前にすすむことも背後に退くこともできず、間合いを詰めてくる相手を呆然と見つめることしかできないでいた。

「お前はもう逃げたりなんかしない。そうだったよな」

まるで答えを知っているとでも言いたげな声に聞こえた。

「もうネタバレしちゃうけどな。嘘なんだよ」

信介が、和解を求めるように両手をひろげて気さくに笑う。

「……嘘？」

「そう。嘘。さっきの映像も、髪切ったのも血抜いたのも、お巡りを仕込んだのも、お前を試すための嘘。演出。ナオミも死んでなんかいない。ちゃんと生きてる。お前は、最後の修練を乗り越えられたんだ。お疲れ様。もうこれで終わり。よくがんばったな」

にわかに信じがたい話だった。

すべてプログラムのための演出だったのだろうか。

自分だけなにも知らずに踊らされていたのだろうか。

「だから、な。もうそれ置け」

信介がなおも歩み寄ってきて、電気槍をよこせと手を差し伸べてくる。たのもしくも、安らいだ表情だった。

ねぎらいの言葉が疲れ果てた体にしみる。本当にこれで終わったのだろうか。もう終わりにしたかった。

電気槍を床に置こうと腰をかがめたとき、地下室の方から優子の泣き声がかすかに聞こえてきた。聞くものの胸を潰すような、悲しみに暮れきった響きだった。

進は、相手の目を見つめた。焦慮の色が浮沈しているように見える。その目に視線をすえたまま、彼は静かに首を横に振った。優子の泣き声も、ナオミの悲鳴も、演出なはずがなかった。

小脇にかかえていたタブレット端末を床に置き、電気槍を両手で持ち直す。

相手が口角をそっと引き上げながら、にじり寄ってくる。

彼は一歩下がって、バッテリーの電源を入れた。

「もう電池ねえぞ。それ」

不意の一言だった。

進はうろたえて、手元のバッテリーに目を落とした。

スローモーションのように視界の端で大きな影が動く。その影がこちらに飛びかかり、数瞬後に電気槍にからみついてくるイメージがはっきりと脳裏に映じていた。

流れるような動作で、電気槍を引いた。

つかみ損ねた相手が体勢を崩し、前のめりになっている。いささかも余裕のない

つけた。

彼は一切の迷いを振り払い、満身の力を込めて電気槍の先端を相手の肩口に押し

必死の形相だった。はじめて目にする信介の素顔のように思えた。

ている。

電気槍の柄をつかんだ信介が、中腰の姿勢のまま、無言でこちらをにらみつけて

いる。体の深部をつらぬく電圧にあらがい、食いしばった歯列から涎《よだれ》がたれている。

しだいに視線がずれていき、壁に頭からもたれかかったかと思うと、金縛りにあっ

たように全身を硬直させたまま床にくずおれていった。

進は、電気槍の電極を信介の体からはなした。

乱れた呼吸を落ち着かせながら、足元の男をうかがう。ブーサンよろしく背中を

痙攣させていて、立ち上がる様子はない。電気槍を放り捨ててタブレット端末をひ

ろうと、出口にむかって駆け出した。

全身の血が沸騰したように奔《はし》り、心臓が激しく高鳴っていた。床を踏んでいる感

覚がうすく、足がしびれて鉛のように重かった。

玄関ホールを抜けて裸足《はだし》のまま外に出ると、薄闇につつまれた。

通路の誘導灯や外灯が小屋や庭を照らしている。いったい何時なのか。夜という

ことがわかるだけで、時間の感覚が完全にうしなわれていた。

ゲートの方に走り出そうとして、彼は思いとどまった。

前回の逃走に失敗した折のことが頭をかすめる。タブレット端末があるだけで、金はなかった。

迷ったのち母屋に引き返し、夫妻の部屋を物色しようとドアノブをひねったものの、鍵がかかっていて開かない。彼は階下のリビングの方を瞥見《べっけん》し、その真むかいにある地下室へ通じるドアに目をもどした。ドアは半開きで、その暗がりからは物音も人声も聞こえてこない。すぐにでも信介があらわれそうな気がした。

妙案が浮かばず、焦燥感がいたずらにつのる。

逃げ出したくなる衝動をこらえて周囲を見回すと、下駄箱の上の木製のプレートに鍵が置かれていることに気づいた。進はそれをつかむと、ふたたび外に飛び出した。

芝生のひろがる庭を尻目に裸足で走る。石灰岩であつらえた通路の凹凸が足裏に食い込み、うまく走れない。それでも痛みはあまり感じなかった。

雲のない夜空に星が光り、涼やかな夜気が彼の乱れた呼吸をつつみこんでいる。とにかく車でここから抜け出そうと思った。たとえ誰か追っ手が来たとしても、車内に閉じこもっていれば、すぐに捕らえられるようなことはないにちがいない。

駐車場に停まっていたクロスカントリー車に乗り込み、エンジンをかける。最後に運転を命じられてから少し時間が経っていた。操作は忘れていなかった。

恐怖なのか、興奮なのか。震えた手でシフトレバーをドライブに入れる。ヘッドライトを点灯させると、入り口のゲートが頭をよぎった。太い鉄骨が格子状にならんだそれはいかにも頑丈そうに思えた。車内灯をつけ、ゲートを解錠できるリモコンを探したものの、見当たらない。

グローブボックスを開けようとして、ふとフロントガラスに映る自分の顔に目がいく。そこから視線が動かせなくなった。彼はおもむろに左右に首を振り、角度を変えながら自分の顔や頭をながめた。想像していた通り、頭の中央部分だけ丸刈りにされ、鬢《びん》や襟足のあたりは、髪の毛が元の長さをたもって残っている。真っ黒な顔と対照的に日焼けしていない頭皮は青白く、刈り残された髪が所々飛び跳ねていた。

別人のように変わり果てた自分の姿に、突き上げるような恥辱をおぼえる。悪夢であって欲しかった。

ひとまずゲートまで車を走らせるべく、サイドブレーキを下ろすと、運転席のドアがひとりでにひらいた。

「どこ行くんだ」

信介の声がしたかと思うと、凄《すさ》まじい力で右手を引っ張られた。車外へ引きずり下ろされそうになる。

左手のみでハンドルをつかんだ進は、ドア枠に肩と頭を引っ掛けるようにこらえた。ブレーキペダルから足がはなれ、車が動き出す。

「なめやがってクソガキが。ぶっ殺してやる」

苦しげながら憎悪にみちた低声だった。

反動をつけて、何度も腕を引っ張られる。根元から腕がもげそうだった。彼は足をのばしてアクセルペダルを踏んだ。

車が勢いよく前進し、信介の手がはなれる。開け放たれたドアのむこうで、余光に照らされた芝生が細かな陰影をきざみながら横切っていく。シーカヤックの積まれた物置場が正面に迫っていた。

進はシートに座り直すと、スピードをゆるめながら円弧をえがくように庭内を旋回した。

ヘッドライトの光が前方の駐車場を照らす。アスファルトと芝生の境目で信介が立ち上がろうとしている。せまりくる車に気づき、瞠目して唇をひらいていた。

「お前こそ逃げてんじゃねえよ」

彼は声低くつぶやくと、ステアリングを固定したまま車を加速させた。脇へよけようとする人影がフロントガラスのすぐそこに近づいている。車内ににぶい音がひびいた。バックミラーを一瞥する。闇にまぎれて信介は見えなかった。体の一部をかすめただけかもしれなかった。

そのまま車を止めることなく、ゆるやかなアプローチを走る。ゲートが見えてきた。この車の天井よりも高くそびえているように映る。一度はブレーキペダルに乗せた足をはなし、アクセルを限界まで踏んだ。突き破れそうな気がした。突き破るしかなかった。

回転数が上がり、エンジン音が高まる。

ステアリングを強くにぎり、体中の筋肉に力をこめた。

フロントガラスいっぱいにゲートが映り、激しい衝撃音とともに体が跳ねた。視界が白一色に染まると、意識がうすれていった。

耳朶の奥で、クラクションが鳴りつづけている。

気づけば、ハンドルに顔を押しつけていた。ひらいたエアバッグがステアリングの中央部分から飛び出してしぼんでいる。フロントガラスはひび割れ、ゲートにめりこんだボンネットがひしゃげて大破していた。

エンジンは止まっていて、キーをひねっても鈍い異音が断続的にするだけで始動しない。左足が痛むものの、骨が折れたりはしていないようだった。

進は車外へ出ると、足を引きずりながらボンネットによじのぼり、折れ曲がったゲートを乗り越えた。

〝立入禁止〟のプレートが真っ二つに割れ、ゲートの柵に引っかかっている。ゲートのむこうにのびる母屋へのアプローチには、漠とした森の暗闇がひろがっていて、人影が動いているようにも、青木立《あおこだち》が風に揺らいでいるようにも見えた。

彼は、集落の方にむかって必死で歩をすすめた。足を引きずりながら、しきりに後ろを振り返る。信介が追いかけてくるような気がしてならなかった。

道のむこうで光が見えたかと思うと、しだいに大きくなってこちらへ近づいてくる。一台の軽自動車のようで、まもなく減速し、彼の数十メートル手前で停まった。

運転席から人が降りてくる。いぶかしむような慎重さで、ヘッドライトの光にうかび上がった彼をうかがっている。

逆光で相手が誰だかわからない。彼は助けを求めるようにそちらに近づいた。肩まで髪を垂らし、ずんぐりとした体格だった。その二重の厳しい団栗眼《どんぐりまなこ》を見て、ジヤバだと知れた。

進は恐怖を感じ、あわてて踵を返した。

「あそこから逃げてきたんか」

切迫した声に足が止まり、おもむろに後ろを振り返った。ジャバが険しい表情で彼を見つめている。当惑している中に、気遣うような雰囲気をただよわせていた。

「早く乗れ」

有無を言わさぬ気魄《きはく》だった。

進はまごつき、その場から動けずにいた。相手の申し出が善意から来ているように感じつつ、大人の善意をあてにしたために窮地に陥った記憶が、彼を踏みとどまらせていた。

「あそこにもどりたいんか」

冷静な判断を下すだけの気力は、すでに使い果たしていた。なかば屈したように助手席のドアをあけ、車内に身を入れると、ただちに車が発進した。

「でっかい音がしたから、気になってからもどってきたさ」

焦りの色がにじんだジャバの目が、ヘッドライトの明かりが導く前方の夜道にすえられている。天体撮影をしていたらしく、後部座席にカメラの機材が置いてあった。

「……気づいたら……地下室で」

言葉に詰まり、その後がつづけられない。

「だからあそこに行くなって言ったさ」

ジャバが車を加速させながら、苛立たしげにつぶやいていた。

ジャバの自宅兼民宿は、比部間集落の山側にあった。

進は、ジャバ夫妻が起居している一階の客間に通された。

台所に立っていた身綺麗なジャバの妻が、突然おとずれた彼を見て、驚きを隠せないでいる。落ち武者風の髪型なうえ、裸同然の白いローブ姿だった。ジャバが、ラビットベースから逃げてきたらしいと告げると、すべてを察したように、

「なんか食べれるね？」

と、人の好《よ》さそうな顔を悲しげに曇らせた。

「……お水をいただけませんか」

かすれた声で訴えると、すぐに冷蔵庫からさんぴん茶を出してくれた。

立てつづけにコップに三杯のさんぴん茶を体に流し込む。軽い脱水症状を起こし

ているらしく、いくら飲んでも渇きが癒えた気がしない。ジャバの妻が用意してくれたソーキそばを汁まで飲み干して、ようやく周囲に気をまわす余裕が生まれてきた。

壁の時計を見ると、二十一時を過ぎている。ハーブ園で意識をうしなったのが今日の午前中だとしても、かなりの時間が経っていた。

二階には外階段が通じており、民宿の客室となっているらしい。テラスで酒盛りでもしているのか、時折、賑やかな人声が聞こえてくる。

座卓のむかいで、彼が食べ終えるのを黙って見守っていたジャバが口をひらいた。

「足、大丈夫か」

痛みはあるものの、別段大した怪我ではなさそうな感じだった。打ち身だと思うと答えると、待ちかねていたように、

「なにがあった。あそこで」

と、ジャバが険しい表情のまま声をひそめた。

進は手元に目を落とした。この島に来てから幾度も裏切られ、他人に信頼を寄せること自体にためらいをおぼえるようになっていた。

重い沈黙が客間を占めた。かたわらのテレビが映す旅番組の陽気なナレーション

がスタジオの笑いを誘っている。

「去年、あっちから逃げてきた女童《わらばー》がいた」

ジャバが忌々《いまいま》しそうにつぶやき、

「小学五、六年生ぐらいの時分だったはず」

と、ジャバの妻が思い出すのも辛そうに眉をひそめている。

「……その人、どうなったんですか」

たずねておきながら、どこかでその結果を知らないでおきたいと思っている自分がいた。

「かわいそうだけど、逃げたところが外から丸見えのお店だったからさ、すぐ見つかって連れ戻されたみたいよ。みんなあそこはぜったい関わりたくないし、それに保護者だって言われたらね……」

その場にいなかったとはいえ、ジャバの妻なりに負い目を感じているようだった。

「信介、あれはな。もともとここでバイトしてたから」

ジャバが義憤をふくんだ表情で言葉をつぐ。

「東京んちゅで、大学中退して働きたいって言うから面倒見てたわけよ。ちゃんと真面目に働いてたけど、一年もたたんで政治家なる言っていなくなりよった。それから手紙も寄越《よこ》さん」

　それが十年ほど前に、ふたたびこの島に信介があらわれたのだという。政治家の秘書を長く務めていたが、縁あって、島にある施設の管理人をすることになったのだとジャバに説明した。それがラビットベースだった。その年に竣工《しゅんこう》し、モダンな外観で贅沢《ぜいたく》な造りゆえ、島民の間で話題になっていたという。

「したら、びっくりしたさ。芸能人かどっかの金持ちが別荘でも建てたと思ってたから。まさかそこにあいつがくるなんて思わんでしょう」

　ジャバが団栗眼を見開いている。

「前はかわいかったのに、別人面《じらー》してたさ。外車乗りまわして馬鹿にした目でこっち見てから、ろくに挨拶もしない。たまになんか言うと思ったら、俺は三百人委員会に認められたとか、不老不死になったとか、悪魔にすがりつけだとか、意味わからんこと言う」

　ジャバの妻が後につづいた。

「自分にすごい力があるとかなんとか言ってってね。勝手なことばっかりやって、喧嘩ばっかり起こして。でも一度、ここでつかまえた奥さんに手あげて、警察に逃げ込まれて。鼓膜が破れるぐらいひどい怪我だったから、捕まっちゃったんだけど、なんの罪にもされないですぐ出てきたわけさ。それからみんな気味悪がってるさ」

信介から逃れる優子の泣き顔が、彼には容易に想像できた。

「それだけじゃなくてからもっとおかしいのもあった」

語気を強めるジャバによれば、信介から子供むけの林間学校のようなものと説明されたラビットベースには、子供だけでなく、明らかにその親には見えない大人の男たちが頻繁に出入りしているという。ラビットベースに滞在する子供がビーチで泣いたり逃げたりしているのを何度も目にしていると述べてから、いかにも確信がもてないといった顔でつぶやいた。

「あそこに来てる子と、帰ってる子の数が合わない気がするさ」

進は背筋に冷たいものを感じつつ、妙に冷静な心持ちで聞いていた。もはや驚くような内容ではなかった。

二人が、自分が話すのを待っているのがわかる。

ずっと口をつぐんでいたかった。それでも、ひとりですべてをかかえ込むには、あまりにも疲れすぎていた。

勇を鼓してラビットベースで起きたことを順に説明し、地下室であったこともつつみ隠さず話した。

「……信じられんな」

ジャバが半信半疑の顔で、動揺の声を漏らしている。隣の妻も、どう受け止めていいかわからないようで困惑しきっていた。

進は地下室から盗んできたタブレット端末をタップし、途中だった端末の映像を再生した。

「この子……見たことあるね。あそこのところのつれ子だよ。ずっと見てなかったけど」

ジャバの妻が動転した声を出し、地下室の分娩台に寝かされている少女を指差している。

映像が切り替わり、バリカンによって長い髪が刈りとられていくシーンが映し出される。額に電気メスが突き付けられて耳を覆いたくなるような悲鳴が流れると、二人は絶句した。

もういい、とジャバが邪険な仕草で映像を止め、狼狽を押さえ込むように窓のほうに顔をむけて押し黙った。

酒盛りをしている二階からはじけるような笑い声がし、かすかに客間にまでひびいている。

「警察に連絡しよ」

ジャバの妻が思い詰めた顔で立ち上がった。

「やめてください」

進は強い口調で引き止めた。那覇で警察官に助けを求めた際の顚末をつたえると、絶望的な空気がただよいはじめた。

誰も口をひらかず、動こうともしない。

どれぐらいの時間が経ったか。一分か十分か。玄関のチャイムが鳴った。

「すみません」

訪問者らしい。男の声だった。

ジャバがなにかに気づいたように顔をあげ、

「……駐在所のやつだ」

と、独り言のようにつぶやいた。

唖然としているジャバの妻と目をあわせると、進を指差し、すばやくその指を台所の方に振った。

彼はそっと立ち上がり、ジャバの妻とともに台所の冷蔵庫の陰に身をひそめた。

「こっちに、中学生くらいの男の子来てませんか」

「男の子？　いや知らんよ。どうしたの」

ジャバが落ち着いた様子で駐在員に対応している声が聞こえてくる。

駐在員のほかにもうひとり来ているらしい。

「勝手に信介さんの車乗り回して壊してからに、そのまま逃げたさ。この辺に隠れてるって」

ヒステリックにまくし立てる女性の声がする。フミのそれにちがいなかった。

進は、ジャバの妻に肩をだかれながら、じっと耳をすませていた。動悸がし、体が激しく震えて止まない。

玄関のドアが閉まる音がし、顔に疲労の色をうかべたジャバが、もう大丈夫だと進たちを客間に呼びもどした。

「なんで、ここってわかったのかね」

ジャバの妻が当惑した様子で顎に手を添えている。

ジャバが思案に沈んだ目を室内にめぐらせ、やがて座卓に置かれたタブレット端末を見つめた。

「……それだ」

たとえ端末の電源が切れても微弱な電波を発信し、所有者に現在の所在地を知らせることができるという。

「多少、誤差があるから、ピンポイントではわからんさ」

ジャバが自身の不安を取り除くかのように、自らに言い聞かせている。どうするのとたずねる妻を無視し、ジャバは鬼気迫る表情で進をにらみつけた。

「心配しなくていい。ぜったい家に返すから」

その夜のうちに、進の父親の弟が東京で経営するバーに架電すると、その弟を介して、父親と連絡を取りつけることに成功した。ジャバが父親に事情を説明し、翌日の便で那覇空港まで迎えに来てもらう段取りをつけた。

ジャバの妻に髪の毛を整えてもらった進は、翌朝、ジャバの仲間にたのんでセダンタイプの車を出してもらうと、水と食料を積んだトランクにひそかに身を隠した。そのままトランクに入った状態でジャバの自宅を発《た》ち、ジャバの知人であるフェリー関係者の協力を得つつ、那覇空港の駐車場を目指して海をわたった。

進は、ほとんど空調の効かない真っ暗なトランクの中でじっとりと汗をかきながら身を丸めて息をひそめていた。前夜は一睡もできなかった。だというのに、少しも眠気がおとずれる気配がない。しきりに信介や警察に見つかってしまう妄想におそわれる。永遠と思えるほど、長い時間に感じられていた。

六

昼休みの教室は、いつもにもまして賑やかだった。皆、夏の長い休暇の間どのように過ごしていたか互いに話し聞かせながら、久々に再会した喜びをみなぎらせている。

教室の前後にある戸では、ひっきりなしにやってくる他のクラスの生徒が顔をのぞかせ、反対の窓側の席に一人座っている進に好奇の視線を浴びせていた。

登校拒否していた者が教室に姿を見せているだけで興味を引くというのに、あれほど長かった髪が丸刈りになっているうえ、誰よりも真っ黒に日焼けしているとあって、学年中、彼の噂《うわさ》でもちきりだった。

ある生徒は、たくましくなった彼の体つきを見てブラジルに柔術修行に出ていたらしいとにやつき、別の生徒は、人を刺して少年院に入っていたのだと賢《さか》しらな口調で吹聴《ふいちょう》し、また別の生徒は、喜久島の誘拐事件の被害者らしいと興奮した顔で触れ回っていた。

頬杖をついた進は、周囲の視線や噂をよそに、机の上にひろげたバラバラの紙片をパズルのように復元する作業に没頭していた。

紙片は、ナオミの小屋を清掃していた際に枕カバーから出てきたものと、彼女がビーチに捨てたとおぼしきノートの一部だった。昨日、警察関係者から喜久島に置き去りにしていた彼のバッグを受領し、その中のノートに挟まったままになっていた。

ジャバの尽力によって、無事に父親とともに埼玉にもどってきた進は、父親に説得され、ジャバの助言を容れる形で警視庁本部に被害届を提出した。当初、疑いをもって話を聞いていた担当刑事も、日をおいて事情聴取をかさねるうちに、彼の供述が具体的かつ正確なことを知るにおよんで態度をひるがえした。最終的には、ジャバから後日送ってもらったタブレット端末の映像が決定打となり、一挙に立件化の動きが加速した。タブレット端末は、ジャバが郵送した時点で既に遠隔操作によって初期化されていたものの、ほぼすべてのデータが復元できたという。証拠能力がどれほどあるか不透明ではあったが、警察を動かすにはじゅうぶんだった。

警視庁は、沖縄県警と合同捜査本部をもうけ、先週、未成年者略取・逮捕監禁致傷等の疑いで、喜久島のラビットベースに強制捜査を実施し、目下、信介夫妻や関係者に任意で事情聴取を実施している。昨日、バッグの受領のために父親と警視庁におとずれた際には、近日中に信介夫妻は逮捕起訴される見通しとのことだった。

南の島を舞台にした未成年者の拉致監禁という世間の耳目をあつめる事件とあって、メディアの報道は加熱の一途をたどり、児童買春デートクラブやカルト組織などのワードとともに、コメンテーターや専門家が口々に見解や憶測を広言していた。どのようにしてわかったのか、進の自宅マンションには、連日、週刊誌の記者を名乗る者がコメントを求めておとずれ、そのため騒動が収まるまでの間、彼と母親は同じ市内の祖父母の家へ身を寄せることを余儀なくされている。

開け放たれた教室の窓から、まばゆい晩夏の陽光が室内に降りそそいでいる。時折、吹き抜ける涼やかな微風が、秋の到来を告げているかのようだった。

進は目を細めながら、机いっぱいにひろげた紙片を右に移動させたり左に移動させたりしていた。

もともとはノートの二ページ分だったのだろう。紙片は細かくちぎられていて根気を要するものの、紙のちぎれた形にくわえ、赤い字で走り書きされた歌詞じみた言葉によって元通りにできそうな見込みだった。

いくつかのピースが足りず、難解な箇所があったものの、そこを突破すると後はすんなりそろっていく。

最後のピースを隙間にはめ、そこに書かれた文字を見つめた。

ハナガサキミダレ
タイヨウノニオイ
ケナゲナココロノウタ
ヤンバルノモリデ
マッシロニカガヤクナミ
カボソイココロ
ナキツクシタヨル
コノコイノヒガキエマセンヨウニ
カチワリゴオリトナツノゴゴ
トキノシズク

ウキヨノユメノツヅキヲ
ツキヨニナイテ
ヨウキナクジラノムレ
シルエットノムコウカラ

「久しぶりじゃん、進」

聞きなれた声だった。

顔をあげると、久保山とその取り巻きが見下ろしていた。

「お前うんこみたいに真っ黒になってんな。どんだけアナル犯されてきたんだよ」

久保山が嘲るような口調で言うと、取り巻きの間で笑いがはじけた。

「お前うんこくせえんだよ。早く帰れよ」

久保山が、わざとらしく自身の鼻をつまみながらしかめっ面をつくっている。

「喧嘩?　いいよ、やろ。買うよ」

進がゆっくり立ち上がると、久保山たちが意外といった様子で顔を見合わせた。

教室の話し声が止み、皆、進たちを注視している。

「どこでやる。トイレ?　行こうよ早く」

進は平静な表情のまま啖呵《たんか》を切ると、久保山たちとともに教室の外へむかった。教室の戸のところに、マミがいるのがわかった。すれ違いざまに目が合う。彼はかたい表情ですぐに視線をそらした。

「……やめなよ」

背中に、マミの憂いに沈んだ声が聞こえてくる。久保山に対する言葉なのか、自分に対するものなのか。彼は振り返らなかった。

廊下には、騒ぎを知った野次馬たちが出てきてはやしたてるように目元をゆるめている。

途中、進は、廊下の隅に立て掛けてあった柄の長い箒《ほうき》を手に取ると、前を歩く久保山を呼び止め、多目的教室のドアの窓をたたき割った。

誰かの悲鳴が飛び交い、騒然とする。久保山の表情から余裕が消え、その目におびえの色がうかんでいた。

進は箒を両手にもち直し、やや腰を落とすようにかまえた。拳から血がしたたり落ち、それを口元にもっていって勢いよくすすった。自然と頬がゆるんでくる。

「電気槍で人刺したことあるか」

波止場を見下ろす週末のデッキでは、人々が散歩をしたり、柵に寄りかかって語らったりと思い思いの時間を過ごしている。

　ベンチに座る進は、近くのコンビニエンスストアで買ったコーラを飲みながら、隅田川の河口がひろがる東京湾をながめていた。倉庫や高層マンションがひしめく対岸の埋立地を、ないだ暗青色の海が取りかこみ、遠く右手に見えるレインボーブリッジにむかって、水面に反射するおびただしい陽光のきらめきが散っている。はるか南方の小笠原《おがさわら》諸島から大海原をわたってきた貨客船が波止場に到着し、係員たちが接岸作業をおこなっている。彼はその作業風景をじっと見つめていた。

　スマートフォンの画面を確認すると、十四時半を過ぎている。埼玉の自宅からここまで来るのにほぼ二時間かかったことを考慮すれば、そろそろ出発したほうがいいかもしれない。

　残りのコーラを口に流し込み、ヘルメットとサングラスを手に取る。ロードバイクを停めてあった近くの駐輪場までもどり、帰路のルートを確認してからまたがった。

　旧芝離宮恩賜庭園前の交差点を右折し、都道四八一号を北上していく。汐留《しおどめ》駅前を左に折れ、第一京浜に進入したところで赤信号につかまった。心地よい陽光を浴びながら、信号が青になるのを待っていた。

進のやや後方で、同様に信号待ちをしているクーペタイプのドイツ車内では、青年実業家の男性が、見るでもなくダッシュボードのモニターに映し出されたニュースに目をむけていた。

「それでは会見が始まったようなので中継でお伝えします」

映像がスタジオから沖縄県警の会議室に切り替わる。

各社のマイクがならんだ長机には制服を着た幹部が居ならび、本部長の隣には、進をいざなってラビットベースのジェットバスに浸かっていた下地の姿もあった。事務的な仏頂面で、縁なしの眼鏡の奥にある目からは、裸で進の体をなでまわしていた際の弛緩した色は、いささかもうかがい知れない。

「昨日未明、本件被疑者の佐藤信介が留置先で自殺しているのが発見されました――」

会見をつづける幹部たちに、しきりにまたたくフラッシュの閃光《せんこう》が浴びせかけられる。

「現場の敷地内や周辺の海域にて、複数名の人骨が発見されたこともあわせて報告申し上げます。人骨の詳細については、現在捜査中であります――」

信号が青に変わった。

進から少し遅れるように青年実業家がアクセルペダルを踏むと、ニュースを映していたモニターがナビゲーションの地図に切り替わった。

進は、順調にペダルを漕ぎつづけた。東京都を抜けて埼玉県に入り、なおも国道を北上していく。

やがて、スマートフォンの地図にしたがい、交番を左手に見ながら交差点を右折した。

交番の前では、若い当番の警察官が警戒に当たっていた。かたわらの掲示板には、交通安全週間や国際手配中の被疑者のポスターとならんで、失踪当時の年齢や人相特徴を記した、行方不明者についての情報提供を呼びかけるものも掲示されている。

その中には、大人だけでなく、未成年者の名もあった。

畠山加奈子《ハタケヤマカナコ》（当時13歳）

加藤剛《カトウツヨシ》（当時11歳）

通りの先に、自宅のマンションが見えてくる。先日、同じ学区内に引っ越したばかりだった。進は、自然とペダルの回転数をあげていた。

敷地内の自転車置き場にロードバイクを止めて、四階の自宅にもどると、リビングのテーブルに父からの書き置きがあった。母親の見舞いで帰りは少し遅くなるとのことだった。

喜久島の事件以来、メディアの執拗な取材も影響して、母親は体調を崩し、入院している。どれぐらいで退院できるかはまだわからないようだった。

進はシャワーを浴びてから、いまだ部屋に積まれたままの段ボール箱を片付けていった。

何個目かの段ボールをあけたとき、中に見覚えのないものが雑然と詰め込まれているのに気づいた。母親の荷物が誤って混入してしまったらしい。母親のものとおぼしき小説やＤＶＤなどを、両親の寝室に持っていく。

両親の荷物が所狭しと積み上げられた寝室で、母親の荷物の入った段ボールを探しているうち、その一つが自らの重みで崩れるように破れ、中身の本が床に散らばってしまった。

進は本を片付けようとして、その表紙のタイトルに目をうばわれた。

〝子供を愛せない親たち〟

〝我が子を愛せない母親の苦悩〟

〝ボンディング障害のむきあい方〟

〝母親失格　愛着とボンディング障害の狭間《はざま》で〟

〝子供を殺したくなるとき〟


進は、一冊ずつさらりと中をあらためて見た。はじめて見る本ばかりだった。もっとも日焼けして黄ばんだ一冊をひらくと、中から一葉の紙が落ちてきた。古い写真だった。

手にとって見ると、どこかのビーチで撮られたものらしい。母親が大きくなった腹部に手を添えて微笑んでいる。右端に印字された日付は、今から十六年以上前となっている。彼を身ごもっているときに撮られたもののようだった。

写真におさまっているのは母親だけではなかった。その隣では、ひとりの男が母親の肩をだきよせながら幸福そうに母親の頭に口づけをしている。

父親と思い込んでいたが、それにしては背が高すぎる気がした。

進は、写真に目を凝らした。

心臓が激しく胸をたたいている。住宅街の六畳間にいるはずが、濃密な湿気と暑気でむせかえる熱帯の森に迷い込んだように彼には錯覚されていた。

床に散らばった本に視線を走らせ、ふたたび写真に目をもどした。

シャワーを浴びたばかりの体から、とめどなく脂汗がにじみ出る。電気槍で突き倒した感触がありありと両手によみがえり、あの南国の島で目にした情景が脳裏に次々にあらわれては消えた。

室内には、遠くを巡回する灯油販売車の童謡歌がかすかに聞こえていた。窓からは初秋の西日が差し込み、部屋を斜めに区切るように明暗をこしらえている。

進は、その写真をポケットに突っ込むと、散らばった本を一冊ずつ拾いあげ、ダンボールの中へそっとおさめていった。

あとがき

当初の構想では、清涼飲料水のコマーシャルフィルムのような青春群像劇を描く予定だった。

十代の男女がひと夏に経験する甘酸っぱくも爽やかな物語に仕立てれば、これまで縁のなかった読者を幅広く獲得できるうえ、あわよくばベストセラーとなってひと稼ぎできるかもしれない、といったさもしい下心さえいだいていた。それがどういうわけか、担当編集者と打ち合わせをかさねるうち、企画は紆余《うよ》曲折を繰り返し、しだいに鋭角さをおびていったかと思うと、気づいたときには、青春群像劇と対極にある、仄暗《ほのぐら》く不穏なサスペンスとして連載が開始していた。

物語の主人公は十五歳の少年で、書き手の私と年齢の開きがあるために、多少とも突き放して執筆にのぞめると思っていた。実際、物語の序盤は主人公と適切な距離を保つことができていて、遅筆の私としては異例の速さで筆はすすんだ。

ところが、快調なのは最初のうちだけで、すぐに物語の重苦しい空気に胸内が侵食されはじめた。主人公が追い詰められるにしたがい、私自身も正体不明の切迫感に襲われ出し、筆はいつにもまして鈍った。原稿にむかうときだけでなく、平時でも胸苦しさをおぼえるようになり、身を横たえても悪夢にうなされて寝つけない。連載は春にはじまったが、初夏をむかえた時点で完全に体調を崩し、宿疾の皮膚病をぶり返すと、ついには高熱を出して入院の憂き目をみるにおよんだ。

現実から逃げたい一心で、主人公の少年よろしく原稿を投げ出そうと思ったことは一度や二度ではなかったと思う。それでもどうにか作品を完結できたのは、さりげない口調で、物語に奥行きをもたせるような助言をしてくださった「ＷＥＢきらら」編集長の庄野樹氏、そして、弱音ばかりもらす私を鼓舞しながら、最後まで伴走してくださった担当編集者の室越美央氏の力添えのお陰にほかならない。両氏に心からの深謝を申し上げたい。

二〇二二年　春　新庄　耕

解説

橘　玲

私はデビュー作『狭小邸宅』以来の新庄耕ファンなので、この本の解説も喜んで引き受けたのだが、いざ書こうとすると難しい。いじめで不登校になった少年が沖縄の島に渡る冒頭の場面から最後の一行まで、どこを紹介してもネタばれになってしまうからだ。新庄さんの作品に共通するヒリヒリするような緊張感を堪能するのなら、なんの予備知識もなく読みはじめたほうがいいだろう。

『狭小邸宅』はブラックな不動産会社に就職した若者のビルドゥングスロマン（成長小説）で、ダークな「お仕事小説」としても出色だった。マイホームを夢見る〝情弱〟の顧客をいともかんたんに「ハメて」いく、不動産業界のさまざまな手口が詳細に明かされていることにも驚いた。

『ニューカルマ』では、ネットワークビジネスにのめりこむ若者を通して、最後は破綻するに決まっているビジネスモデルの危険な魅力が描かれていた。

『サーラレーオ』は舞台をバンコクに移し、安宿で暮らしドラッグを売って糊口をしのぐドロップアウトした若者を主人公にした。

Netflixでドラマ化されて話題になった『地面師たち』は、積水ハウスが東京・五反田の土地取引で六三億円を詐取され、社長と会長が辞任した二〇一七年の事件をモチーフに、悲惨な事故で妻子を失った男が一〇〇億円の大勝負に挑むクライムノベルだ。

どの作品でも、読者は主人公といっしょに極限状況に連れていかれる。主人公は、たいていの場合、よりマシな選択を捨てて最悪の道を突き進んでいく。

だが一度や二度間違ったからといって、そのまま奈落へと落ちていくわけではない。突然、青空が開け、成功が垣間見えるときがあるからこそ、そのあとの墜落がより深く感じられるのだろう。

本作『破夏』では、中学三年生の進が「離島留学」で体験した、ひと夏の異常な出来事が乾いたタッチで描かれる。それを読みながら、「新感覚ホラー」と話題になった二〇一九年の映画『ミッドサマー』を思い浮かべた。

この映画では、精神を病んだ妹が両親を道連れに無理心中してしまったというトラウマを抱えた女子大生が、クラスメイトに誘われて、スウェーデンの辺境にあるコミューンを訪れる。今年はそこで、九〇年に一度の「夏至祭」が行なわれるのだという。

最初は、美しい自然や親切な村人たちに魅了されていた学生たちだが、徐々に、このコミューンでなにか異様なことが起きていることに気づく。

この映画がホラーファンに高く評価されたのは、よくあるこけおどしではなく、観客の神経を逆なでするような描写で「いやな感じ」を演出しているからだ。

学生たちがコミューンに向けてドライブする場面では、天地が逆になったまま風景が流れ、それが九〇度反転して元に戻る。映画館で上映されたときは、この場面だけで気持ち悪くなり、席を立つ観客がいたという。

新庄版の「ホラー小説」でも、おどろおどろしい描写は出てこないが、全編にわたって生理的に不快な緊張感が満ちている。だがその一方で、これは異世界に放り込まれた（ブタの世話までさせられるのだ）少年の成長物語でもある。

『ミッドサマー』では、カルト・コミューンで極限状況を体験した主人公は、最後に家族のトラウマを乗り越えて満面の笑みを浮かべる。本作では、「地獄」から帰還した進は、もはやいじめの標的ではなく、その狂気によって、逆にいじめの主犯である生徒を怯えさせる。

このような設定をエンタテインメントにするには、作家は読者や観客の神経を逆なでしつつ、それが許容限度を超えないような微妙なラインを見つけなくてはならない。自分にはとうていできないと思っていたら、「あとがき」を読むと、新庄さんもこれを書きながら正体不明の切迫感に襲われ、悪夢にうなされ、ついには入院までしてしまったという。

そのようにしてまで創造された「悪夢」を、ぜひ楽しんでほしい。

（たちばな・あきら／作家）

小学館文庫
好評既刊

あなたが殺したのは誰

まさきとしか

累計50万部突破の大ベストセラー！『あの日、君は何をした』『彼女が最後に見たものは』に続く、三ツ矢＆田所刑事シリーズ第３弾。抗えぬ生と死を圧倒的なスケールで描く、著者の最高到達点。二つの事件を貫く驚くべき真相とは。

転がる検事に苔むさず

直島 翔

若者が高架鉄道から転落し、猛スピードの車に衝突した。自殺か、他殺か。判断に迷う刑事課長は飲み友達の検事、久我周平に助けを求めた。窓際検事の逆転なるか。第３回警察小説大賞受賞作！　解説は元最高裁判事の甲斐中辰夫氏。

小学館文庫
好評既刊

絞め殺しの樹

河﨑秋子

北海道根室で生まれ、新潟で育ったミサエは、両親の顔を知らない。幸せとは言えない結婚生活、早すぎた最愛の家族との別れ。数々の苦難に遭いながら、ひっそりと生を全うしたミサエは幸せだったのか。新・直木賞作家のブレイク作！

人さらい

翔田 寛

静岡県警浜松中央署の日下悟警部補のもとに、少女誘拐事件発生の一報が入った。身代金の要求額は一億円。運搬役には母親が指名されたが、事件は最悪の形で幕を閉じる。静岡県警は犯人特定へ肉薄するが――。驚愕必至の誘拐ミステリ。

―――本書のプロフィール―――

本書は、二〇二二年四月に小学館より単行本として刊行された作品を改稿し文庫化したものです。

本作品はフィクションであり、実在する人物・団体等とは一切関係ありません。

小学館文庫

破《は》夏《げ》

著者　新庄《しんじょう》　耕《こう》

二〇二五年二月十一日　初版第一刷発行

発行人　庄野　樹

発行所　株式会社　小学館

〒一〇一－八〇〇一
東京都千代田区一ツ橋二－三－一
電話　編集〇三－三二三〇－五九五九
販売〇三－五二八一－三五五五

印刷所──TOPPAN株式会社

ISBN978-4-09-407434-5